文学批评与跨文化研究

陆 冰 ◎ 著

吉林出版集团股份有限公司

图书在版编目（CIP）数据

文学批评与跨文化研究 / 陆冰著. — 长春 : 吉林出版集团股份有限公司, 2024.4
ISBN 978-7-5731-4830-8

Ⅰ. ①文… Ⅱ. ①陆… Ⅲ. ①文学批评－研究②文化交流－研究 Ⅳ. ①I06②G115

中国国家版本馆CIP数据核字（2024）第 081641 号

文学批评与跨文化研究

WENXUE PIPING YU KUAWENHUA YANJIU

著　　者	陆　冰
责任编辑	曲珊珊　赵利娟
封面设计	林　吉
开　　本	787mm×1092mm　1/16
字　　数	164 千
印　　张	10.25
版　　次	2024 年 4 月第 1 版
印　　次	2024 年 4 月第 1 次印刷
出版发行	吉林出版集团股份有限公司
电　　话	总编办：010-63109269
	发行部：010-63109269
印　　刷	廊坊市广阳区九洲印刷厂

ISBN 978-7-5731-4830-8　　　　　　　　　　定价：78.00 元
版权所有　侵权必究

前　　言

文学，作为人类智慧的结晶，一直以来都是我们认知世界、理解人性、探索文化的重要工具。文学批评与跨文化研究是对文学作品进行深度解读与跨越国界、文化背景的对话的有机结合，通过这一融合，我们不仅能够更深入地理解文学的内在精神，同时也能够在文学的多样性中找到共通之处，促使文学研究走向更为开阔、包容的方向。

文学批评是对文学作品进行系统解析、深入研究的学科，其任务远不止简单地解读文字，更在于揭示作品背后的文化、社会、历史因素，以及作品本身对于人类生活和思考的影响。文学批评者既是解读者，也是作品的解构者，通过他们的视角，我们能够更加敏锐地洞察文学作品的深层内涵。

在这个信息迅速传递、文化交流日益频繁的时代，文学批评也逐渐走向跨文化的方向。传统的文学批评常常限定在特定文学体系或文化传统中，而跨文化研究为我们提供了一种更广泛的视野。通过将不同文学传统、不同历史背景下的文学作品进行比较与联系，我们能够深入挖掘文学的普适性，理解各种文学表达方式的异同，促进跨文化的对话。

跨文化研究不仅仅是为了探究文学作品之间的关联，更是为了理解文学如何反映和塑造文化认知，以及文学在跨越国界时如何适应、融合、创新。这一研究范式使我们能够超越单一文学传统的限制，站在全球文学的视角来审视作品，同时也为文学研究者提供了更为广泛的研究材料和思维空间。

跨文化研究使我们能够看到文学的多样性和丰富性，同时也引导我们审视文学作品中所蕴含的文化认同、文化冲突、文化转变等现象。文学是文化传承的一种重要形式。在这个多元文化交汇的时代，通过跨文化研究，我们可以更好地理解文学作品如何在文化之间游走，如何超越语言的障碍，以及文学如何成为人类"普世价值"的载体。

通过这本书，我们希望能够为文学研究者、学生及对文学感兴趣的读者提供一个跨越国界、文化的学术平台，共同探讨文学的深层奥秘，促进不同文学传统之间的相互理解，为文学研究的未来发展贡献我们的思考与努力。

陆冰
2024 年 4 月

目　录

第一章　文学批评的基本理论 ………………………………… 1
- 第一节　结构主义的解读 ………………………………… 1
- 第二节　后现代主义的文学批评 ………………………… 9
- 第三节　文化批评的理论基础 …………………………… 19
- 第四节　心理学与文学关系的考察 ……………………… 25
- 第五节　跨学科方法在文学批评中的应用 ……………… 36

第二章　跨文化研究的理论概述 ……………………………… 46
- 第一节　跨文化研究的定义与范围 ……………………… 46
- 第二节　文学与文化的关系 ……………………………… 57
- 第三节　文学与社会的关系 ……………………………… 68
- 第四节　文学的全球化视角 ……………………………… 78

第三章　文学的语言与翻译 …………………………………… 88
- 第一节　跨文化研究中的多语言挑战 …………………… 88
- 第二节　文学作品的语言转换 …………………………… 96
- 第三节　语言障碍对文学研究的影响 …………………… 103

第四章　文学作品的受众与接受度 …………………………… 110
- 第一节　文学作品的文化接受度 ………………………… 110
- 第二节　文学作品在不同文化中的受众反应 …………… 116
- 第三节　文学批评对受众研究的贡献 …………………… 123

第五章 数字时代的文学批评 ················· 133
第一节 数字时代的文学研究工具 ················· 133
第二节 数字媒体对文学传播的影响 ················· 142

第六章 文学审美的跨文化比较 ················· 147
第一节 文学审美的概念与特征 ················· 147
第二节 不同文化审美标准的对比 ················· 149
第三节 文学作品的审美多元性 ················· 151
第四节 全球化对文学审美的影响 ················· 154

参考文献 ················· 157

第一章 文学批评的基本理论

第一节 结构主义的解读

一、结构主义的起源与核心概念

结构主义是 20 世纪中期发展起来的一种理论和方法，它在文学、人类学、语言学、心理学等多个领域产生了深远的影响。结构主义的起源可以追溯到 20 世纪初的语言学，但它在后来的发展中逐渐渗透到其他领域，成为 20 世纪中期一种主要的理论潮流。本节将探讨结构主义的起源、核心概念及它在不同领域的应用。

（一）结构主义的起源

1. 早期背景

结构主义的思想在一定程度上可以追溯到早期的语言学研究。在 19 世纪末 20 世纪初，语言学家弗尔迪南·德·索维尔（Ferdinand de Saussure）提出了一种新的语言学方法，他强调语言是一种系统，语言单位的意义是通过相互关系而产生的。这种观点对结构主义的发展起到了奠基作用。

2. 弗洛伊德与心理分析

心理学家西格蒙德·弗洛伊德的心理分析理论也为结构主义的发展提供了一些理论基础。弗洛伊德关注人类潜意识中的结构和符号，并试图通过对这些结构和符号的分析来理解人类行为。这一思想为后来结构主义者在不同领域中对结构和符号的关注提供了启示。

3. 其他领域的影响

在这一时期，人类学、社会学和文学批评等领域也出现了一些关注结构的思想。人类学家克洛德·列维-斯特劳斯（Claude Lévi-Strauss）在其著作《野性的思维》中，通过对不同文化中的结构相似性的研究，推动了结构主义在人类学领域的发展。

（二）结构主义的核心概念

1. 符号与结构

结构主义的核心概念之一是符号与结构。结构主义者认为人们通过符号系统来理解世界，而这些符号是有结构的。符号之间的关系和相互作用是理解意义的关键。弗尔迪南·德·索维尔强调了语言单位之间的差异性和相对性，弗洛伊德则强调了潜意识中的符号结构。

2. 结构的普遍性

结构主义者相信，结构存在于所有层面的现象之中，而不仅仅局限于语言或文化。克洛德·列维-斯特劳斯在他的文化人类学中表明，人类思维的结构在不同文化中是普遍存在的，这一观点促使结构主义逐渐渗透到人类学和社会学领域。

3. 对抗二元对立

结构主义反对简单的二元对立，认为事物的意义是通过相对关系而产生的。二元对立中的每个元素都依赖对方，它们的意义是相互构建的。这种对抗二元对立的观点在许多结构主义的研究中都有所体现，如列维-斯特劳斯对野性与文明的对立的重新解读。

4. 结构主义方法论

结构主义方法论强调系统性和相对性的研究方法。它倡导对符号和结构的详尽分析，试图揭示它们之间的模式和规律。这一方法在研究中通常包括对文本、符号系统或文化现象的结构性分析，以揭示其潜在的意义和相互关系。

（三）结构主义在不同领域的应用

1. 语言学

结构主义在语言学中的应用主要体现在对语言结构的研究上。索维尔提出的语言学结构主义理论强调语言单位之间的关系，对后来生成语法等理论有一定的启发作用。

2. 人类学与文化研究

克洛德·列维-斯特劳斯的文化人类学是结构主义在人类学领域的一大应用。他通过对各种文化中的神话、仪式和社会结构的比较，揭示了文化中普遍存在的结构性模式。

3. 文学批评

在文学领域，结构主义的观点被用来分析文本中的符号、隐喻和叙事结构。罗兰·巴特等文学理论家通过结构主义方法对文学作品进行解读，强调作品中的结构性元素。

4. 社会学

结构主义在社会学中的应用主要体现在对社会结构和社会现象的研究上。结构主义的思想对社会学理论的发展产生了深远的影响，尤其是在强调社会结构和制度的研究中。

5. 哲学

在哲学领域，结构主义的影响体现在对知识、现实和语言的解构和重新构建上。法国哲学家雅克·德里达通过对结构主义的批判和发展，提出了"解构主义"，强调文本和思想中的内在矛盾和不确定性。

（四）结构主义的批判与发展

1. 批判

尽管结构主义在 20 世纪中期取得了巨大成功，但它也受到了一些批判。其中之一是关于过度抽象和形式主义的批评，认为结构主义过于强调结构和符号的分析，而忽视了实际情境和历史背景的重要性。

2. 后结构主义

随着时间的推移，一些学者开始对结构主义提出疑问，并发展出了一系列后结构主义的理论，如后现代主义和后结构主义。这些理论更加强调语境、权力关系和多元性，对结构主义的相对静态和普遍性提出了挑战。

结构主义的起源可以追溯到对语言、文化和社会现象的研究，它在20世纪中期取得了巨大的成功，并在多个领域产生了深远的影响。其核心概念包括符号与结构、结构的普遍性、对抗二元对立及结构主义方法论。在语言学、人类学、文学批评、社会学等多个领域，结构主义为研究者提供了一种系统性和相对性的分析框架。

然而，结构主义也受到了一些批判，主要集中在其过度抽象和形式主义的倾向上。随着时间的推移，后结构主义的理论逐渐崭露头角，强调语境、历史和多元性，对结构主义进行了批判性的反思和发展。这种批判与发展为学术界提供了更为丰富和复杂的理论资源，推动了人们对社会、文化和语言等现象更深层次的思考。

二、结构主义在文学批评中的应用

结构主义在文学批评中的应用展示了一种独特的理论取向，它强调文本内在的结构和符号系统，力图通过深入的分析揭示文学作品中的普遍模式和规律。这一方法在20世纪中期迅速崛起，并对文学理论和研究产生了深远的影响。本节将深入探讨结构主义在文学批评中的应用，包括其核心概念、方法论、代表性人物以及在具体文本分析中的体现。

（一）结构主义在文学批评中的方法论

1. 结构主义分析方法

结构主义的分析方法强调对文本内在结构的深入研究。这包括对重复元素、对比元素、符号和隐喻的系统性分析。通过对这些元素的关系进行系统的剖析，研究者可以揭示文本中的模式、规律和主题。

2. 语言学与文学

由于结构主义最初在语言学领域兴起,因此语言学在文学批评中的应用尤为显著。结构主义者通过语言学的分析方法,研究文学作品中的语言结构、句法结构及词汇的选择,以揭示文本的内在结构。

3. 符号学与符号学分析

符号学在结构主义文学批评中扮演了关键角色。研究者通过对文学作品中的符号进行分析,探讨它们的象征意义、隐喻和意义转移。这种分析方法强调文本中符号的多义性和相互关系。

4. 叙事结构分析

叙事结构是结构主义文学批评中一个重要的研究对象。通过分析文学作品中的叙事结构,研究者可以揭示故事的发展、情节的安排以及角色之间的关系。这有助于理解文学作品中的主题和意义。

(二)结构主义在文学批评中的代表性人物

1. 罗兰·巴特

罗兰·巴特是结构主义文学批评中的重要人物之一。他在《符号学原理》[①]一书中提出了对文学结构的深刻洞察,强调了文本中符号和语言的多义性,以及文学作品中的结构性元素。

2. 克洛德·列维-斯特劳斯

克洛德·列维-斯特劳斯是结构主义在人类学领域的代表性人物,但他的思想也对文学批评产生了深远的影响。他通过对神话和宗教故事的分析,揭示了文学作品中的结构性模式,并强调了文学作品中普遍存在的文化结构。

3. 弗朗茨·利斯特

弗朗茨·利斯特是结构主义文学理论的重要人物之一。他系统地介绍了结构主义在文学批评中的应用,阐述了结构主义对文学作品进行分析和解读的方法。

---

① 罗兰·巴特. 符号学原理[M]. 黄天源,译. 南宁:广西民族出版社,1992.

(三)结构主义文学批评的影响与争议

1. 影响

结构主义文学批评对文学理论和研究产生了深远的影响。它强调文学作品内在的结构和符号系统,为研究者提供了一种深入解读文本的方法。结构主义的思想推动了对文学作品更深层次、更系统的分析,使文学研究更加科学。

2. 争议

尽管结构主义在文学批评中取得了显著的成就,但也面临一些争议,认为它过于强调文本内部的结构,而忽视了文本与社会、历史和文化之间的关系。

结构主义在文学批评中的应用为研究者提供了一种深入解读文学作品的理论框架。通过对符号、结构、对抗二元对立等方面的分析,结构主义揭示了文学作品中的深层次结构和普遍模式。

在文学研究的演进中,后来的理论取向如后现代主义、后结构主义等对结构主义进行了批判和超越。这表明文学理论的发展是一个不断演变的过程,不同的理论取向相互启迪,推动了文学研究的多元发展。因此,在探讨结构主义在文学批评中的应用时,我们也需要考虑它在学术领域中的动态与争议,以更全面地理解其影响和局限。

三、结构主义对文学理论的贡献与争议

结构主义是 20 世纪中期崛起的一种文学理论和方法,其核心观点在于关注文本内在的结构和符号系统,以揭示深层次的模式和规律。在文学理论的发展历程中,结构主义产生了深远的影响,为学术界提供了新的分析工具和视角。然而,随着时间的推移,结构主义也面临了一些争议和批评。本节将分析结构主义对文学理论的贡献,同时探讨其所引发的争议。

(一)结构主义的贡献

1. 强调结构性分析

结构主义对文学理论最重要的贡献之一是强调结构性分析。在结构主义观点中,文本不再被视为一系列孤立的元素,而是被看作一个有机整体,包含着

符号和结构的系统。这种方法使研究者能够深入剖析文学作品中的元素,如符号、主题、叙事结构等,揭示它们之间的相互关系。

2. 注重符号和语言的多义性

结构主义强调符号和语言的多义性,认为一个符号可以在不同的语境中有不同的意义。这种观点为文学理论提供了更为丰富和复杂的解读框架。通过关注符号的多层次含义,研究者能够深入挖掘文本的深层结构,从而更好地理解作者的意图和作品的内在逻辑。

3. 对抗二元对立的思想

结构主义反对简单的二元对立,主张事物的意义是通过相对关系而产生的。在文学中,这可以体现为对抗性的元素,如生与死、爱与恨等。结构主义的对抗二元对立的思想使得文学作品的解读更加复杂,有助于揭示更深层次的结构和意义。

4. 结构的普遍性

结构主义认为结构存在于所有层面的现象之中,不仅仅局限于语言或文学。这一观点推动了跨学科研究的发展,使得结构主义的思想在人类学、社会学、语言学等多个领域都有所应用。这种跨学科的贡献拓展了结构主义的影响范围。

(二)结构主义的争议

1. 过度抽象和形式主义

结构主义被批评为过度抽象和形式主义,过于强调文本内在结构,而忽略了文本与社会、历史和文化之间的关系。一些批评者认为,结构主义的方法使得文学研究变得脱离现实,缺乏对作品背后社会背景和历史语境的关注。

2. 忽视作者和读者的角色

结构主义的关注点主要集中在文本内部结构,往往忽视了作者和读者的角色。一些文学理论家认为,忽视了创作者的意图以及读者对文本的个人体验,使得结构主义方法无法全面解释文学作品的复杂性。

3. 对历史和变革的忽视

结构主义往往忽视文学作品的历史性和变革性。由于强调结构的普遍性和相对稳定性，结构主义的方法在解释一些革新性、反叛性的文学作品时可能显得力不从心。一些批评者认为，这种方法无法完全解释文学作品的发展和演变。

4. 对文本局限性的质疑

一些批评者质疑结构主义过于关注文本的内在结构，而忽视了文学作品与社会、政治、文化等方面的关联。这种局限性可能导致结构主义在解释现实社会问题的能力受到挑战。

（三）结构主义的发展与变革

1. 后结构主义和解构主义

随着时间的推移，一些学者开始对结构主义进行批判和超越，后结构主义和解构主义等理论崭露头角，强调了文本的多义性、不确定性和语境依赖性。这些理论在一定程度上回应了结构主义的一些争议，推动了文学理论的发展。

2. 文化批评和后现代主义

文化批评和后现代主义等理论关注文学作品与社会、文化、权力关系之间的联系。相较于结构主义，这些理论更强调文学作品的历史性、文化性和多元性，弥补了结构主义的一些不足之处。

3. 跨学科研究的兴起

随着时间的推移，跨学科研究变得越来越受重视，这也对结构主义的影响产生了一定的调和和扩展。文学研究逐渐融入更广泛的学科领域，包括文化研究、性别研究、社会学等，这为理解文学作品提供了更为全面和多元的视角。

第二节 后现代主义的文学批评

一、后现代主义的理论特征

后现代主义是20世纪后半叶涌现的一种文化和思想潮流，对于文学、哲学、艺术和社会科学等领域产生了深远的影响。后现代主义的兴起标志着对现代主义的挑战和批判，强调了多元性、不确定性和对传统结构的拒绝。本节将深入探讨后现代主义的理论特征，包括其思想背景、核心概念、文学表现，以及对社会和文化的影响。

（一）后现代主义的思想背景

1. 现代主义的反思

后现代主义在很大程度上是对现代主义的反思和超越。在20世纪初，现代主义兴起于欧洲，强调对传统的颠覆、实验性的创新及对现代社会和技术的质疑。然而，到了20世纪中期，一些学者开始对现代主义的理念提出疑问，认为其过于理性、过于抽象，难以解释复杂多变的当代社会。后现代主义在这一背景下崛起，试图超越现代主义的理论限制，以更为包容和多元的方式看待世界。

2. 社会变革和全球化

20世纪后半叶，社会发生了巨大的变革，包括文化、政治、科技和经济层面。社会的全球化和信息革命加速了人类社会的联系和互动。这种全球范围内的变革推动了后现代主义思想的兴起，因为人们感受到传统的解释框架已经无法完全涵盖和理解这个新兴的全球化时代。

3. 反对大叙事和权威性

后现代主义对大叙事（Grand Narrative）的反思是其重要的思想背景之一。大叙事是一种试图以一种普遍的、统一的解释框架来解释历史、社会和文化的理论。后现代主义者认为大叙事过于简化和抽象，忽略了多元性和复杂性，而且常常被用来维护权威和统治阶级的权力结构。

（二）后现代主义的核心概念

1. 多元性和异质性

后现代主义强调社会、文化和个体的多元性和异质性。它拒绝将世界简化为一个统一的、可解释的整体，而是认为现实是由许多不同的、矛盾的元素构成的。这一观点对于解构传统结构和观念具有重要的影响。

2. 不确定性和相对主义

后现代主义强调不确定性和相对主义。它质疑一切绝对的真理和价值观，认为所有的观念都是相对的，取决于特定的文化、历史和语境。这种观点在文学、哲学和文化研究中体现为对固定概念和价值观的怀疑。

3. 超验的消解

后现代主义对于超验（Transcendence）的概念进行了消解。传统上，超验指的是一种超越人类经验和感知的存在或力量。后现代主义否定了这种超验的可能性，强调人类经验和语境的限制，拒绝对超验的追求。

4. 消费主义和媒体文化

后现代主义理论对于消费主义和媒体文化的关注也是其核心概念之一。随着社会的发展，媒体文化对于构建现代生活的方方面面产生了深刻的影响。后现代主义对于大众文化、广告、电视、互联网等媒体的研究成为其理论探讨的一个重要方向。

（三）后现代主义在文学中的表现

1. 对叙事的打破和碎片化

后现代主义文学表现为对叙事的打破和碎片化。传统的线性叙事被置于质疑之下，作家们采用非线性、多重视角和碎片化的叙述方式，以反映多元的现实和个体的感知。

2. 互文性和超文本

后现代主义文学强调互文性和超文本的概念。作家们常常通过引用其他文学作品、媒体文化和历史事件来创造新的意义。超文本的概念指的是一种非线性的、交叉引用的文本结构，这种结构反映了复杂的文化网络和思想关联。

3.语言的游戏和颠覆

后现代主义文学对语言的运用进行了游戏和颠覆。作家们在语言层面上进行实验，打破传统的语法规则和意义结构，以探索语言的多样性和多义性。这种实验性的写作方式强调了语言的主观性和相对性，反映了后现代主义对于固定语义的质疑。

4.反对权威和权力

后现代主义文学常常表达对权威和权力的反抗。作家们关注社会的边缘群体、少数族裔和性别议题，以挑战传统权威的主流叙事。通过文学作品，他们试图凸显社会中存在的不平等和不公正。

5.元虚构和自我意识

后现代主义文学在形式上常常表现为元虚构和自我意识。作品中常常包含对文学过程和创作本身的反思，以及对于虚构和现实之间模糊边界的探讨。这种元虚构的手法使得作品本身成为一个自我意识的艺术构建。

（四）后现代主义对社会和文化的影响

1.文化消费和大众文化

后现代主义对文化消费和大众文化的关注影响了社会的方方面面。大众文化中的符号、符码和图像被广泛应用于文学、电影和视觉艺术中，后现代主义通过这些符号的重新组合和重新解释，挑战了传统的文化观念。

2.身份政治和多元性

后现代主义对于身份政治的强调使得社会对于多元性的认同得到加强。对于性别、种族、性取向等身份认同的关注，推动了社会对于不同群体的包容和理解。后现代主义的文学作品在这方面发挥了积极作用，为边缘群体发声，探讨多元文化。

3.智能技术和虚拟现实

后现代主义时期智能技术的兴起也对社会产生了深刻的影响。虚拟现实、互联网等技术的发展改变了人们的交流和信息获取方式，同时也为后现代主义文学提供了新的表达和展示方式。电子媒体和虚拟空间成为文学创作和传播的新平台。

二、后现代主义对文学传统的挑战

后现代主义是 20 世纪后半叶兴起的一种思潮,对文学传统产生了深远的影响。这一时期的作家们试图打破传统的文学形式和结构,挑战传统叙事的方式,强调多元性、不确定性和相对主义。本节将深入探讨后现代主义对文学传统的挑战,包括其对叙事结构、语言运用、文学意义,以及对作家和读者角色的重新定义。

(一)对叙事结构的颠覆

1. 非线性叙事

后现代主义对叙事结构进行了颠覆,摒弃了传统线性叙事的模式。传统上,文学作品常常按照时间线性展开,而后现代主义作家则更倾向于采用非线性结构,通过闪回、前瞻、碎片化的手法来构建叙事。这种方式使得读者面临更为复杂和不确定的叙事体验。

2. 多重叙述视角

后现代主义文学强调多元性,采用多重叙述视角来呈现故事。不同的叙述者可能提供截然不同的版本,使得真相变得模糊。这种多元性的叙述方式挑战了传统单一叙述的权威性,使得读者需要更为主动地参与到解读中。

(二)对语言运用的实验

1. 语言的游戏和颠覆

后现代主义文学对语言进行了实验,打破了传统语法规则和意义结构。作家们常常通过对语言的颠覆来表达他们对于现实复杂性和多义性的理解。这种实验性的写作方式挑战了传统语言的固定性,强调了语言的主观性和相对性。

2. 元语言和互文性

后现代主义文学强调元语言和互文性的概念。作家们通过引用其他文学作品、文化符号、历史事件等来创造新的意义。这种互文性的手法使得文学作品成为一个复杂的符号网络，读者需要对多重文本关系有敏感的感知。

3.碎片化的语言表达

后现代主义文学中常见的语言表达形式是碎片化的结构。作家们通过断裂的语言碎片来传达信息，这使得作品的语言呈现出一种不规则、不连贯的状态。这种碎片化的语言形式挑战了传统连贯叙事的语言规范。

（三）对文学意义的重新定义

1.对象的相对性和多义性

后现代主义文学强调文学作品中对象的相对性和多义性。符号、象征和意义并不是固定的，而是依赖于特定的文化、历史和语境。这种观点挑战了传统文学中关于意义固定性的看法，强调文学作品的开放性解读。

2.文学作品的多层次性

后现代主义文学常常具有多层次的性质，通过深度的符号和隐喻，使得作品具有更为丰富的内在结构。读者需要通过深入解读来揭示作品的深层含义，这与传统文学作品中更为明显的主题和道德教训形成了鲜明的对比。

3.文学的相对性和开放性

后现代主义对文学意义的重新定义表现为对相对性和开放性的强调。文学作品并不提供确定的答案，而是启发读者对于多元解读的思考。这使得文学作品的意义变得更为相对，需要读者主动参与其中。

（四）对作家和读者角色的重新定义

1.作家的去中心化

后现代主义对作家的地位进行了重新定义，打破了传统中心化的创作观念。作家不再是唯一的权威解释者，而是与读者共同构建意义的参与者。元虚构和自我意识的呈现使得作家的角色变得更加复杂和多重。

2.读者的主动参与

后现代主义文学要求读者更为主动地参与到文学作品的解读中。作品中的不确定性和多义性需要读者自行发掘和构建意义，而不再是原封不动地接受作家单一的解释。这使得读者在文学作品中的角色变得更为活跃，成为文学意义的共同创造者。

3. 读者与作品的互动性

后现代主义作品强调读者与作品之间的互动性。通过元虚构、互文性等手法，作品引导读者参与到一个更为复杂和多样的文学网络中。读者不再仅仅是被动接收信息的对象，而是与作品建立起更为密切的关系，积极参与到文学的创造和再创造中。

（五）后现代主义的社会意义

1. 反对权威与大叙事

后现代主义文学反对权威和大叙事，挑战了传统权威结构的合法性。这反映了社会中对权力的质疑、对于单一故事解释的拒绝，使得边缘化群体的声音得到更多关注。后现代主义的这一特征与社会中的民主和多元主义的价值观相呼应。

2. 文化多元性和身份政治

后现代主义文学强调文化多元性和身份政治，关注社会边缘群体的经验和故事。这种关注使得文学作品在反映社会多样性的同时，也促使社会更加关注和尊重各种文化和身份。作家通过文学作品发出挑战社会不平等的声音。

3. 消费主义和媒体文化的影响

后现代主义对消费主义和媒体文化的关注也反映了社会在信息时代的转变。电视、广告、互联网等媒体对于个体和社会的影响成为后现代主义作品中重要的元素。这体现了社会对于大众文化和信息传播方式变革的关切。

（六）后现代主义的局限与争议

1. 理论混乱与晦涩

一些批评者认为后现代主义的理论常常呈现出混乱和晦涩，由于其强调多元性和相对主义，难以建立起一个清晰的理论框架。因此，一些学者认为其理论难以形成有力的体系。

2. 过度强调相对主义

一些人批评后现代主义过度强调相对主义，否定了绝对真理和价值，可能导致一种道德的混乱。过度强调相对主义可能让人们难以建立起对于道德和伦理问题的共同理解，甚至可能导致对于价值观的消极态度。

3. 难以理解的晦涩作品

一部分人批评后现代主义的文学作品过于晦涩，难以理解。一些作品的实验性写作和对语言的强调，使得普通读者难以把握作品的主旨。这导致一些批评者对后现代主义的文学作品提出了在文学可读性上的质疑。

随着时间的推移，一些学者开始思考超越后现代主义的可能性。可能会有一种新的思潮崛起，综合吸收后现代主义的启示，同时克服其某些局限性。这种可能的发展被戏称为"后后现代主义"。后现代主义对文学传统的挑战体现在对叙事结构、语言运用、文学意义，以及作家与读者角色的全面颠覆。通过强调多元性、不确定性和相对主义，后现代主义作品对传统文学观念提出了深刻的批判。然而，后现代主义也面临一些争议，包括其理论混乱、过度相对主义及作品晦涩难懂等。在文学作品的创作方面，作家可能会继续挑战传统，采用新颖的叙事结构、语言形式，并对社会问题提出更为前卫的观点。作品中可能会融入更多跨文化元素，以反映全球化时代的多元性。

总体而言，后现代主义对文学传统的挑战开创了一种对复杂性和多样性的理解方式。未来的发展将在继承这一思想的基础上，通过整合多元理论、跨学科合作及科技与文学的融合，推动文学理论和创作进入新的阶段。文学将继续在反映社会、引领思潮方面发挥重要作用，成为人类文明发展的重要组成部分。

三、后现代主义与文学批评的互动

后现代主义作为一种文学和思想潮流，在20世纪后半叶兴起，并在文学批评领域产生了深远的影响。后现代主义不仅是文学创作的一种风格，更是对于文学理论和批评范式的挑战。这里笔者将深入探讨后现代主义与文学批评的互动关系，包括后现代主义对传统文学批评的批判、对文学理论的重新构想，以及文学批评对后现代主义的解读和反思。

（一）后现代主义对传统文学批评的批判

1. 批判线性叙事和结构主义

后现代主义的兴起与结构主义的兴盛有着密切的关系。然而，后现代主义对结构主义的批判在于其对线性叙事和中心主义的怀疑。传统结构主义强调故事的整体结构和意义的普遍性，而后现代主义通过采用非线性的叙事结构、强调碎片化的语言和元虚构等手法，质疑了这种对于普适性的坚持，使得文学批评也面临对于结构主义的重新思考。

2. 挑战意义固定性

后现代主义对于文本意义的固定性提出了挑战。传统的文学批评往往试图找到作品中的固定意义或普适解读，而后现代主义文学通过采用多重叙述、多义结构、对象的相对性等手法，使得意义变得相对和开放。这对于文学批评提出了如何应对文本的多义性和开放性的问题。

3. 对权威叙事和大叙事的拒绝

后现代主义文学批判了传统权威叙事和大叙事的合法性。在过去，文学批评往往依赖于某种大叙事框架，如宗教、历史或者道德。后现代主义的作品则通过对大叙事的拒绝，强调小故事、个体经验，使得传统文学批评在解读时不再能够依赖于一个普遍的解释框架。

（二）文学批评对后现代主义的解读和反思

1. 解读多重叙事结构

文学批评在解读后现代主义作品时，需要应对作品中常见的多重叙事结构。这挑战了传统文学批评对于线性叙事的习惯，使得批评者需要更灵活地处理作品中的非线性结构，理解多个叙述者之间的关系和作品中的时空跳跃。

2. 理解碎片化的语言表达

后现代主义作品中常见的碎片化语言表达形式，也是文学批评需要理解和解读的重要方面。这种语言形式挑战了传统文学批评对于语言的规范化要求，批评者需要更深入地分析碎片化语言如何构建意义，以及作品中的语言游戏如何影响读者的解读。

3. 处理作品的相对性和开放性

后现代主义作品的相对性和开放性要求文学批评者更加审慎地处理作品的意义。传统文学批评往往寻求明确而普适的解释，而后现代主义的相对性和开放性使得作品的意义变得更为多元、个体化。文学批评者需要更加开放、灵活地理解和解释作品，考虑到不同读者可能从中获得不同的意义，这进一步拓展了文学批评的方法论。

4. 对作者与读者关系的思考

后现代主义作品中对作者与读者关系的重新定义，也成为文学批评的关注点。元虚构和自我意识的元素使得作者不再是一个完全隐身的创作者，而是与作品和读者之间建立起更为复杂的互动。文学批评者需要思考这种互动如何影响作品的理解，以及作者与读者之间的角色关系如何演变。

（三）文学批评中的争议与反思

1. 挑战晦涩作品的理解

后现代主义作品常常以晦涩和复杂著称，这对于文学批评者的阅读是一个挑战。有些作品可能涉及深奥的哲学概念、文字游戏或者文化符号，使得其理解变得更为困难。文学批评需要思考如何解读这些复杂的作品，以及如何向广大读者解释其意义。

2. 对相对主义的接受与拒绝

后现代主义的相对主义观点在文学批评中也引起了一些争议。一方面，一些批评者认为相对主义为文学研究提供了更灵活的解释框架，使得文学作品更能够反映多元文化和多样性。另一方面，也有人担忧过度的相对主义可能导致对于文学作品普适性和价值的消解，文学批评者需要在其中寻找平衡。

3. 处理相对性和开放性的困扰

后现代主义作品中的相对性和开放性可能使得文学批评者在解读时感到困扰。在没有确定的普适解释的情况下，批评者需要找到平衡点，既考虑作品中的多元意义，又保持对于作品内在逻辑和结构的尊重。这种平衡需要深入思考和方法论的拓展。

（四）未来发展趋势

1. 整合多元理论

未来，文学批评可能会更加强调整合多元理论。通过结合结构主义、后结构主义、文化批评等不同理论视角，批评者可以更全面地理解和解释后现代主义作品。这种整合有助于克服一些传统理论无法解释后现代主义特点的限制。

2. 跨学科合作

随着文学与其他学科的交叉越来越频繁，文学批评可能更加强调跨学科合作。如与心理学、社会学、认知科学等学科合作，有助于更深入地理解文学作品对人类认知和文化理解的影响。这种合作也为文学批评提供了更多研究的视角。

3. 关注新兴媒体和技术

未来文学批评可能会更加关注新兴媒体和技术对文学的影响。虚拟现实、人工智能等技术的应用将为文学创作提供新的可能性，同时也对文学批评提出新的挑战。文学批评者需要思考这些技术如何改变文学作品的创作并影响其接受度。

4. 对社会问题的反思

文学批评可能会更加关注作品中反映的社会问题。后现代主义强调对社会不平等、身份政治等问题的关注，文学批评者需要更深入地思考作品如何反映并回应社会的变革和挑战。

后现代主义与文学批评之间的互动关系体现在对传统文学批评的批判、对文学理论的重新构想，以及文学批评对后现代主义作品的解读和反思上。这种互动不仅推动了文学批评的发展，也为后现代主义作品的理解提供了更为丰富的视角。在未来，文学批评可能会面临更多挑战，但通过整合多元理论、跨学科合作、关注新兴技术和深刻反思社会问题，文学批评有望继续发挥其重要的作用，推动文学理论不断进步。

第三节 文化批评的理论基础

一、文化批评的概念及发展历程

（一）概念介绍

1. 文化批评的定义

文化批评是一种综合性的学术方法，通过深入剖析文化现象，揭示文化背后的意义、价值和权力结构。文化批评旨在理解文化的形成、变迁，以及文化如何影响个体和社会。这一方法不仅关注文学作品，还包括电影、艺术、音乐、广告等各种文化表达形式。

2. 文化批评的特点

文化批评具有多元性、综合性和批判性的特点。它强调多学科的交叉，涵盖文学、历史、哲学、社会学等多个领域。文化批评试图超越纯粹文学性的分析，探讨文化现象对社会、政治和人类生活的影响。批判性是文化批评的本质，它追求对权力关系、意识形态、文化价值的揭示与反思。

（二）发展历程

1. 文化批评的萌芽时期

文化批评的雏形可以追溯到19世纪末20世纪初，当时学者们开始从文学作品中寻找社会和文化的反映。马克斯·韦伯的社会学思想、弗洛伊德的精神分析，以及文学理论家如弗拉基米尔·普罗普等人的研究，为后来的文化批评奠定了基础。

2. 批评学派的崛起

20世纪中叶，英国文化批评学派崭露头角，以文学评论家罗兰·巴特等人为代表。他们通过结构主义的方法，强调文本内部结构的分析，挖掘文本背后的符号、隐喻和语言游戏，揭示文学作品内在的意义结构。

3.后结构主义的嬗变

20世纪后半叶，后结构主义的思潮兴起，对文化批评产生了深远的影响。后结构主义关注权力、身份和边缘性等问题，提出了去中心化、去规范化的观点。米歇尔·福柯、朱利亚·克里斯蒂娜等学者通过对权力结构的分析，拓展了文化批评的研究领域。

4.后现代主义与文化批评的交融

后现代主义的兴起进一步丰富了文化批评的理论框架。后现代主义强调文本的多义性、多元文化的碰撞和全球化对文化的影响。文学家如朱利安·巴恩斯、文学理论家如琳达·哈钦等人通过后现代主义的观点，深化了对文化的探讨。

5.文化研究的崛起

20世纪末，文化研究作为一个独立的学科崭露头角。文化研究旨在超越传统的学科边界，关注日常生活、大众文化和跨文化交流。这一学科的崛起标志着文化批评逐渐从专业领域走向大众，并强调文化的民主性。

（三）文化批评的主要流派和方法

1.马克思主义文化批评

马克思主义文化批评通过对社会结构和经济基础的分析，揭示文化的阶级性和权力关系。这一流派强调对资本主义社会的批判，并试图解放受压迫的群体。

2.后殖民主义文化批评

后殖民主义文化批评关注殖民主义和帝国主义对文化的影响。它批判西方中心主义的视角，关注被殖民地和被压迫群体的文化表达，并追求文化的多元性和独立性。学者如爱德华·沃第尔·萨义德等在后殖民主义文化批评领域取得了显著的成就。

3.女性主义文化批评

女性主义文化批评关注性别和女性在文化中的地位。它探讨文学、电影、艺术等文化表达形式中的性别角色、女性形象，以及女性在社会结构中的处境。这一流派强调对性别不平等的揭示和抗议。

4. 路德学派

路德学派强调文化的符号性和象征性。通过对符号、图像、语言的解读，该学派试图揭示文化中的深层结构和意义。罗兰·巴特的符号学是路德学派的代表性理论之一。

5. 后现代文化批评

后现代文化批评综合了各种文化批评的元素，强调文本的多义性、文化的碎片化及对大叙事的怀疑。它对权力关系、语言游戏和文化多样性进行深入研究，反映了后现代主义对文化的全面颠覆。

（四）文化批评的应用领域

1. 文学和艺术

文学和艺术一直是文化批评的重要关注领域。文化批评通过对小说、诗歌、戏剧、绘画、音乐等的分析，揭示作品背后的文化意义，同时关注文学和艺术如何反映和塑造社会。

2. 电影和媒体

文化批评在电影和媒体领域的应用也日益重要。通过对电影、广告、电视节目等媒体形式的分析，文化批评者研究视觉文化、消费文化及媒体对社会观念的影响。

3. 社会和政治

文化批评不仅关注文学和艺术，还致力于研究文化如何反映和影响社会和政治。它探讨文化在社会结构中的作用，以及文化如何塑造和反映权力关系、身份认同等社会问题。

4. 跨文化研究

随着全球化的加深，跨文化研究成为文化批评的一个重要领域。它关注不同文化之间的相互影响，研究文化交流、文化冲突及全球化对本地文化的影响。

二、文化批评在全球化语境中的演变

（一）概述

全球化是当代社会面临的一项重大变革，其深远影响触及文化、社会、经济等多个层面。在全球化的语境中，文化批评作为一种理论和方法也经历了深刻的演变。本节将探讨文化批评在全球化语境中的演变过程，分析全球化对文化批评的影响，以及文化批评如何回应全球化带来的挑战和机遇。

（二）全球化与文化批评的互动

1. 全球化的概念

全球化是指世界范围内经济、文化、社会等多个领域的互相联系和相互依存程度的加深。全球化使得信息、人员、资本、文化等跨越国界流动，呈现出一种高度互联的全球体系。

2. 文化批评的基本原理

文化批评作为一种研究文化现象的理论和方法，关注文本内的符号、意义结构，以及文化现象如何反映社会和权力关系。

3. 全球化对文化批评的挑战

文化同质性的担忧：全球化带来文化流通和融合，一些批评者担心这可能导致文化同质性，即各地的文化逐渐趋同，失去了独特性。

文化剥夺和文化霸权：全球化使得一些文化更容易传播和占领主导地位，这可能导致一些边缘文化更加地被边缘化，加剧了文化的不平等性。

多元性与认同：全球化语境下，文化批评需要更加关注多元文化之间的关系，以及全球化如何影响个体和群体的身份认同。

（三）文化批评的全球化演变历程

1. 结构主义与文本分析

在全球化初期，结构主义在文化批评中占据主导地位。弗拉基米尔·普罗普和罗兰·巴特等学者通过对文本结构的深入分析，试图揭示普遍的文化结构和符号系统。然而，这一时期的文化批评更多地关注国内文本，对全球范围的文化交流缺乏足够关注。

2. 后结构主义的崛起

后结构主义的兴起使得文化批评开始更为关注权力关系、身份政治和文化差异。米歇尔·福柯和朱利亚·克里斯蒂娜等学者强调权力的分散和多元性，为文化批评引入了更为复杂的理论框架。在这一时期，对于全球范围的文化流动和互动的关注逐渐增加。

3. 后现代主义的兴起

后现代主义理论对文化批评的影响更为深远。在后现代主义语境下，文化批评开始关注文化的断裂、多元性和后殖民性。对大叙事的怀疑使得文化批评者开始更加关注小叙事、个体经验，以及全球范围内不同文化的碰撞与对话。

4. 文化批评的全球转向

随着全球化的深入，文化批评逐渐从国内转向全球，关注多元文化的互动和交流。这一时期的文化批评开始研究跨国文学、后殖民文学，以及全球范围内的文化现象，使得文化批评理论更具包容性和全球性。

（四）文化批评在全球化中的应用

1. 多元文化主义的兴起

多元文化主义成为全球化语境中文化批评的一个重要流派。这一流派强调不同文化之间的平等、对话和共存，关注全球范围内的文化多样性。多元文化主义文化批评通过对不同文化经验的研究，试图打破文化的同质性和霸权性。

2. 后殖民主义文化批评

后殖民主义文化批评在全球化语境中扮演着重要角色。它关注被殖民地和被压迫群体的文化表达，通过对文学、电影等作品的分析，揭示全球范围内殖民主义的遗留和对后殖民世界的影响。

3. 全球文学和全球影视研究

随着全球范围内文学作品、影视作品的广泛传播，文化批评开始关注全球文学和全球影视研究。这一领域的发展使得文化批评者能够更全面地理解不同文化之间的交流与互动，同时也挑战了以国内文本为中心的观点。

4.跨文化研究

在全球化的语境下，文化批评越来越强调跨文化研究。这种研究涉及不同文化之间的相互影响、交流和对话。文化批评者通过对跨文化作品的研究，揭示全球范围内文化的交融和相互渗透，为理解全球化时代的文化现象提供了重要的视角。

（五）文化批评的新挑战与未来展望

1.新媒体与数字化挑战

随着新媒体和数字化技术的飞速发展，文化批评面临着新的挑战。社交媒体、数字平台等成为文化表达和传播的重要场所，文化批评需要适应这一变革，关注新媒体对文化的塑造和传播方式。

2.文化认同与全球身份政治

全球化使得个体身份的形成更加复杂和多元。文化批评需要更深入地关注全球身份政治，包括移民、流散文学、流行文化等方面的身份认同问题。同时，文化批评者需要审视全球化对文化认同的影响，以及文化批评如何促进全球范围内的文化包容性。

3.环境与可持续性

全球化的同时，环境问题成为全球关注的焦点之一。文化批评在未来可能会更加关注文学、艺术如何反映和应对环境变化，以及全球文化如何影响人类对可持续性的认知。

4.跨学科合作的深化

未来，文化批评可能会更加强调与其他学科的跨学科合作。社会学、人类学、地理学等学科的知识将为文化批评提供更全面、深入的理解，促进文化批评在全球化时代的发展。

文化批评在全球化的语境中经历了多个阶段的演变，从最初的国内文本分析到全球范围内的文化批评。全球化对文化批评提出了新的挑战，使得文化批评更加关注全球性的文化现象、跨文化研究及全球身份政治的问题。未来，文化批评有望在跨学科合作、数字化时代和全球挑战面前不断创新，为理解和塑造全球化时代的文化提供丰富的理论资源。在这个过程中，文化批评者需要保持对文化多样性的敏感性，关注权力关系的演变，以推动文化批评在全球化时代的繁荣发展。

第四节　心理学与文学关系的考察

一、心理学在文学分析中的角色

（一）概述

文学和心理学是两个看似独立但深刻相互关联的领域。文学通过故事、人物和语言表达情感、思想和人类经验，而心理学致力于研究人类行为、思维和情感。本节将探讨心理学在文学分析中的角色，重点关注心理学如何丰富文学理解，提供深层次的人物描写和情感解读。

（二）心理学与文学的交汇

1. 意识与潜意识

心理学关注意识和潜意识层面的活动，而文学往往通过描绘人物内心的思维、感觉和欲望来展现故事。心理学的概念，如弗洛伊德的潜意识理论，为文学分析提供了深层次的解读。小说、戏剧和诗歌等文学形式可以通过角色的内在冲突、梦境和隐喻来揭示潜在的心理动机。

2. 人物塑造与人格心理学

心理学对个体行为和性格的研究为文学创作者提供了丰富的素材。人格心理学的理论，如五因子模型，使得对文学作品中人物性格的分析更加系统和深刻。通过了解人物的性格特征、情感反应和行为模式，读者可以更好地理解和共情文学作品中的角色。

3. 情感与文学表达

情感是文学作品中一个至关重要的方面，而心理学正是研究情感和情感表达的领域。通过情感心理学的角度，文学分析可以更好地理解作品中的情感体验、角色之间的关系，以及作者意图传递的情感信息。这有助于读者更深入地体验和理解文学作品的情感内涵。

（三）心理学理论在文学分析中的应用

1. 弗洛伊德的心理分析

弗洛伊德的心理分析理论为文学批评提供了深刻的内在动机解释。他的潜意识理论和心理防御机制的概念可以用来解读文学作品中的象征、隐喻和角色行为。例如，小说中的梦境描写可能被解读为角色潜在欲望和冲突的反映。

2. 小我、自我、超我

弗洛伊德提出的小我、自我和超我概念可用于解析文学作品中角色内心的不同层面。人物的内心冲突、道德选择和个体发展可以通过这一框架更加清晰地呈现。例如，一位小说主人公可能在故事中经历自我和道德的对抗，从而呈现复杂而丰富的心理层面。

3. 行为主义和人物发展

行为主义心理学关注环境对行为的影响和学习过程。这一理论可以应用于文学作品中，解析人物在故事中的成长和发展。通过对环境、经历和社会压力的分析，读者可以更好地理解角色的行为和决策。

4. 人格心理学与文学人物

五因子模型是人格心理学中的一个重要理论，包括外倾性、神经质、开放性、宜人性和尽责性。这一模型提供了一个系统的框架，用以分析文学作品中的人物性格。例如，一位文学角色可能展现高度的外倾性和宜人性，通过这种分析，读者可以更全面地理解和评估角色的行为和其与他人的互动。

5. 情感智能与人物情感描写

情感智能理论强调个体对情感的感知、理解和运用。在文学作品中，人物的情感描写往往是情节推动和读者共鸣的关键。通过情感智能的理论框架，文学分析可以更深入地探讨角色的情感体验、情感表达和情感发展。

6. 认知心理学与叙事结构

认知心理学关注思维、感知和理解过程。在文学分析中，这一理论可以应用于叙事结构的研究。通过理解读者在阅读过程中的注意力、记忆和理解模式，文学评论家可以深入探讨叙事的效果、故事的构建和读者的心理体验。

（四）文学作品中的心理主题

1. 心理疾病与人物描写

文学作品常常涉及人物的心理疾病，如抑郁症、焦虑症等。通过文学的表现，读者能够更深入地理解心理疾病对个体生活的影响，以及社会对患者的态度。文学作品如《白痴》《麦田守望者》等深刻描绘了人物内心的心理冲突和疾病状态。

2. 情感体验与叙述技巧

文学作品通过叙述技巧传达人物的情感体验，呈现读者无法直接体验的内在情感。通过描写人物的内心矛盾、欢愉、痛苦，作家可以引导读者产生共鸣和深刻的情感体验。这种情感表达有助于读者更好地理解作品的主题和人物。

3. 人际关系与心理动力学

文学作品常常探讨人际关系中的心理动力学，包括亲子关系、爱情关系、朋友关系等。通过角色之间的互动和冲突，作家可以呈现出丰富而复杂的人际关系，深刻地揭示人物内在的心理动力。

（五）心理学在文学教学中的应用

1. 深化学生对文学作品的理解

通过在文学教学中引入心理学的理论，可以帮助学生更深刻地理解文学作品。学生可以通过心理学的视角更好地解读人物的动机、行为和情感，进一步挖掘作品的深层含义。

2. 提升文学分析的深度

在文学课程中融入心理学的元素有助于学生提升文学分析的深度。通过心理学的框架，学生可以更系统地分析人物、情节和主题，为他们的文学论述提供更有力的支持。

3. 促进跨学科思维

融合心理学与文学的教学有助于促进跨学科思维。学生可以学会将不同学科的知识整合在一起，深入思考文学作品背后的心理机制，拓展对文学的理解维度。

（六）挑战与展望

1. 伦理问题的考虑

在将心理学应用于文学分析时，需要注意伦理问题。特别是在涉及心理疾病、人际关系等敏感主题时，教师在教学过程中或学者在研究文学作品时需要谨慎处理，以确保不伤害学生或读者的感情。

2. 多元文化的挑战

心理学的理论常常反映了西方文化的观点，因此在教学中需要考虑多元文化的角度。在解读非西方文学作品时，需要结合当地文化和心理学理论，避免将西方心理学简单套用于其他文化环境。

3. 新兴领域的探索

心理学在不断发展，新兴领域如正向心理学、神经科学等也逐渐崭露头角。将这些新兴领域的理论融入文学分析中，有望为文学研究带来更多新的视角和启示。

4. 技术的应用

随着技术的发展，心理学研究方法也在不断创新。在文学分析中，可以考虑运用先进的技术手段，如眼动追踪、脑成像等，来研究读者在阅读过程中的认知和情感反应。这样的方法可以为文学与心理学的交叉研究提供更具体的数据支持。

心理学在文学分析中扮演着重要且多样化的角色，为研究者提供了对读者的深刻洞察和对文学作品的更深层次理解。通过心理学的理论框架，文学分析可以更好地解释人物的动机、情感和行为，进而呈现出更为复杂和生动的文学世界。在文学教学中，将心理学融入其中不仅有助于学生更全面地理解文学作品，也促进了跨学科思维的培养。然而，在将心理学运用于文学分析时，也需要注意对伦理问题、多元文化的考量，以及与新兴领域的融合和对新兴技术的应用。通过不断地挑战和探索，文学与心理学的交叉研究将能够更好地丰富我们对人类文化、思维和情感的理解。

二、文学作品对心理过程的影响

（一）概述

文学作品作为一种艺术形式，通过语言和叙述创造出各种情境、人物和故事情节，深刻地反映了人类的思想、情感和生活体验。这里笔者将探讨文学作品对心理过程的影响，重点关注阅读文学作品如何塑造认知、情感和社会心理，以及这种影响的深层机制。

（二）文学作品对认知的影响

1. 想象力与创造力

文学作品通过生动的描写和情节编排激发读者的想象力和创造力。阅读文学作品时，读者往往在脑海中形成丰富的图景，想象着作品中的场景和人物。这种想象力的锻炼不仅是一种愉悦的体验，还有助于培养人的创造性思维。

2. 视角扩展

文学作品可以向读者展示各种不同的视角和人生经历。通过阅读不同文学流派和不同文化背景的作品，读者能够更全面地了解和体验各种生活方式、社会环境和人际关系。这种视角的扩展有助于促进社会认知，减少偏见和歧视。

3. 深度思考与分析能力

文学作品往往涉及复杂的情节、人物关系和道德问题，阅读这些作品需要读者深入思考和分析。这种思考过程有助于培养读者的逻辑思维和分析能力，使其能够更好地理解复杂的社会现象和人类行为。

（三）文学作品对情感的影响

1. 共情与情感体验

文学作品通过生动的人物描写和情节设计引发读者的共情。读者在阅读中能够将自己带入到文学作品的角色中，体验他们的喜怒哀乐。这种情感共鸣不仅加深了读者对文学作品的情感体验，也有助于提高读者对他人情感的理解和同理心。

2. 情感调节与心理疗愈

一些文学作品通过温情、治愈的叙事，帮助读者调节情感和疗愈心理。阅读这类作品可以成为一种情感释放的途径，帮助读者应对生活中的压力和情感困扰。文学作品的治愈力量被广泛应用于文学疗法等心理健康领域。

3. 情感教育与道德发展

文学作品常常探讨到道德和伦理的问题，通过叙事的方式呈现人物在面对冲突和抉择时的情感体验。这种情感教育有助于培养读者的道德判断力和情感智慧，使其更加懂得同情、宽容和尊重他人。

（四）文学作品对社会心理的影响

1. 身份认同与多元文化

文学作品通过展示各种各样的人物和文化背景，帮助读者形成更加多元化的身份认同。阅读来自不同文化、不同背景的作品，有助于打破单一故事的固有模式，促使读者更广泛地认同和尊重多元文化。

2. 社会问题意识与社会变革

一些文学作品深刻地反映社会问题和不平等现象，引导读者对社会进行深入思考。通过呈现社会不公正、歧视、贫困等主题，文学作品激发了读者对社会问题的关注，并促使他们思考社会变革的可能性。这种社会问题意识的培养有助于激发社会参与。

3. 反思权力与权威

一些文学作品通过对权力结构和权威体制的揭示,引导读者审视社会中的权力关系。这种反思有助于培养读者的批判性思维,使其更加警觉于权力的滥用和不公正,促使他们对社会进行更深层次的思考和探讨。

(五)文学作品影响心理过程的机制

1. 叙事的神经基础

神经科学的研究表明,人类大脑对叙事有着特殊的反应。阅读或聆听故事时,大脑的多个区域会被激活,包括与情感处理、认知理解和社会认知相关的区域。这些神经反应为文学作品对读者情感和认知的深刻影响提供了生理学上的解释。

2. 模拟理论

模拟理论认为,阅读文学作品时,人们会在心理模拟故事中的情境和人物,仿佛自己亲身经历一般。这种模拟有助于读者共情,产生强烈的情感体验。模拟理论解释了为什么文学作品能够深入人心,激发读者的情感共鸣。

3. 认知文学学派

认知文学学派强调阅读文学作品时的认知过程,包括理解、解释和推理。文学作品往往通过复杂的叙事结构、象征意义和隐喻等方式挑战读者的认知能力,使其更深入地思考和理解作品中的主题和人物。

(六)文学作品对心理健康的影响

1. 文学疗法

文学疗法是一种将文学作品融入心理治疗过程中的方法。通过阅读、讨论和解释文学作品,个体能够在与作品中的人物和情节产生共鸣的同时,通过对作品的深度理解和反思,实现心理情感的宣泄和疗愈。

2. 心理逃避与应对压力

阅读文学作品也被认为是一种心理逃避的方式,尤其是在面对生活压力和情感困扰时。文学作品提供了一个虚拟的、安全的情境,读者可以在其中暂时忘却自己的问题,在文学的世界寻求情感安慰和精神支持。

3. 扩展情感表达与认知灵活性

通过阅读文学作品，读者能够丰富表达情感的词汇，扩展自己的情感表达能力。此外，一些文学作品复杂的情节和多层次的人物描写有助于培养读者的认知灵活性，使其更善于理解和应对复杂的人际关系和生活挑战。

（七）未来展望

1. 文学与虚拟现实的结合

随着虚拟现实技术的发展，未来文学作品与虚拟现实将结合得越来越紧密。读者可以通过虚拟现实设备沉浸式地体验文学作品，使得心理模拟更加真实和强烈。这种结合有望进一步拓展文学作品对认知和情感的影响。

2. 数字化时代的挑战与机遇

在数字化时代，文学作品的传播和阅读方式发生了根本性的变化。社交媒体、数字平台成为文学交流的新平台，这为文学作品的广泛传播提供了机遇，但同时也带来了信息碎片化和注意力分散的挑战。未来文学作品需要更好地适应数字化时代的阅读环境，以便更有效地影响读者的心理过程。

3. 多学科合作的加强

未来研究可能会更加强调文学与其他学科的多学科合作。心理学、神经科学、计算机科学等领域的专家与文学研究者共同探讨文学作品对心理过程的影响，将为深入理解这一关系提供更全面、多维度的视角。

4. 文学教育的创新

在未来，文学教育可能更加注重培养学生的心理过程。教育者可以通过设计具有心理启发意义的文学教材、引入文学疗法等方式，促使学生在阅读文学作品的过程中实现认知、情感和社会心理的综合发展。

5. 文学与心理学的相互渗透

文学和心理学的交叉研究有望进一步深化。心理学的新理论和方法将不断为文学研究提供新的分析工具，同时文学作品也将成为心理学研究中富有价值的对象。这种相互渗透将推动文学与心理学在学术研究和实践中的更深程度的交融。

文学作品对心理过程的影响是一个复杂而丰富的研究领域。通过对文学作品在认知、情感和社会心理等方面的影响进行深入探讨，我们能够更好地理解文学作品如何给读者心理带来深远影响。未来，随着科技的不断发展、社会的变迁和学科交叉的深化，文学作品对心理过程的影响也将继续演变，为人们提供更为丰富和深刻的文学体验，同时也为心理学的研究提供更具挑战性和启发性的对象。在这一过程中，我们期待着文学与心理学更深层次的融合，为人类的文化、思维和情感的发展带来新的认识和启示。

三、文学与心理学的跨学科合作

文学和心理学作为两个独立而深奥的领域，各自关注人类思想、情感和行为。然而，它们的交汇点却是无限丰富的。这里笔者将深入探讨文学与心理学的跨学科合作，探讨这种合作如何丰富对人类心理的理解、拓展文学研究的维度，以及如何促进心理学在文学作品中的应用。

（一）文学与心理学的交汇点

1. 文学作品作为心理学案例

文学作品提供了丰富而复杂的人物心理描写，它们常常被视为心理学的研究案例。通过分析文学作品中人物的行为、冲突、情感等，心理学家可以更深入地理解和探讨各种心理过程，包括认知、情感和社会心理。

2. 文学作品作为心理实验的替代品

在研究伦理和实际可行性方面，文学作品也可以被看作一种心理实验的替代品。通过让读者投入文学作品的情节中，研究者可以观察和测量读者在阅读过程中的心理反应，从而获取有关认知、情感和行为的信息。

3. 文学作品对心理学理论的挑战

一些文学作品通过其独特的叙事结构、人物塑造和主题表达挑战了传统的心理学理论。这种挑战促使心理学家重新审视和调整理论，以更好地解释和理解文学作品中展现的复杂心理现象。

（二）心理学对文学研究的启示

1. 弗洛伊德的心理分析与文学解读

弗洛伊德的心理分析理论为文学研究提供了深刻的解读工具。他的潜意识理论、梦境解析等概念被广泛应用于文学作品的解读，帮助揭示人物的内在动机和情感冲突。

2. 行为主义与文学行为研究

行为主义的观点强调环境对行为的影响，这一理论也可以应用于文学作品中人物的行为研究。通过行为主义的角度，研究者可以分析人物在不同情境下的行为反应，深入了解角色塑造和情节发展。

3. 人格心理学与文学人物的解析

五因子模型等人格心理学的理论为文学研究提供了对人物性格的系统解析。通过运用人格心理学的观点，研究者可以更全面地剖析文学作品中人物的个性特征、行为模式和情感体验。

4. 神经科学与文学阅读的脑机制

神经科学的发展使得研究者能够深入探讨文学阅读的脑机制。通过脑成像技术，可以观察阅读过程中不同区域的活动，了解文学作品如何激活大脑，并影响认知、情感和注意力。

（三）文学作品在心理学应用的领域

1. 文学疗法与心理治疗

文学疗法将文学作品引入心理治疗过程，通过阅读和讨论文学作品来促使个体的情感释放和认知重建。这种方法在心理治疗中被广泛应用，有助于缓解焦虑、抑郁等心理问题。

2. 文学在心理学教育中的运用

文学作品在心理学教育中也扮演着重要的角色。教育者可以选用具有心理学启示意义的文学作品，通过文学阅读来让学生更深刻地理解心理学理论和概念，促使他们将理论应用到实际情境中。

3. 文学作为情感教育的工具

在情感教育领域，文学作品被用来培养学生的情感智慧。通过阅读文学作品，学生可以更深刻地理解各种情感，学会表达和管理情感，提高情感智力水平。

4. 文学作为社会心理学的实验材料

一些社会心理学研究使用文学作品作为实验材料，探究人类社会行为和关系。通过分析文学中人物之间的互动、社会环境的描写等，研究者能够得到有关社会心理学问题的理论成果。

（四）跨学科合作的挑战与展望

虽然文学与心理学的交叉合作有诸多益处，但这一合作也面临一些挑战。

（1）语言障碍

文学和心理学使用的术语和方法存在差异，这可能导致沟通障碍。心理学家和文学研究者需要努力理解对方的专业术语和理论框架，以建立更有效的合作关系。

（2）方法论差异

心理学和文学研究在方法论上存在较大的差异。心理学更注重实证研究和实验设计，而文学研究可能更依赖于文本分析和解释。合作团队整合这两种方法，从而更全面地理解文学作品对心理过程的影响。

（3）学科孤立

学科之间的孤立可能导致难以找到合适的合作伙伴。在大学和研究机构中，心理学系和文学院可能存在空间和组织上的隔离，阻碍了跨学科研究的顺利进行。跨学科中心和项目的建立可以有助于打破这种孤立。

（五）未来展望

1. 跨学科研究中心的建设

为促进文学与心理学的跨学科合作，可以建立专门的研究中心或成立专门的合作项目。这样可以让心理学家和文学研究者能够共同讨论、合作并推动跨学科研究的发展。

2. 教育培训的加强

加强心理学和文学研究者的教育培训，使他们能够更好深入地理解对方的研究领域，熟悉对方的研究方法。培养既懂心理学专业术语，又懂文学理论的研究者，将有助于更深入的跨学科合作。

3. 制定共同的研究议程

在跨学科研究中，制定共同的研究议程非常重要。研究者们可以共同确定感兴趣的主题、问题和方法，以确保合作研究的方向能够兼顾两个领域的需求。

4. 创新技术的应用

利用创新技术，如自然语言处理、虚拟现实等，来加强文学与心理学的合作。这些技术可以为研究者提供更全面、更精确的数据，促进合作研究的深入。

文学与心理学的跨学科合作为我们提供了更为综合深刻的人类理解。通过将文学作品作为心理学案例、心理学理论的检验工具，以及情感教育和社会心理学研究的实验材料，我们拓展了对人类心理发展变化过程的认知。然而，要实现真正富有成效的合作，需要克服学科间的差异、语言障碍和学科孤立等。未来，通过建立研究中心、加强教育培训、制定共同研究议程和应用创新技术，文学与心理学的合作将更加深入，为人类文化、情感和心理思维的发展带来新的认识和启示。

第五节 跨学科方法在文学批评中的应用

一、跨学科方法的概念与范畴

在当代学术研究中，跨学科方法逐渐成为一种广泛应用的研究方式，旨在超越单一学科的边界，整合多学科的理论、方法和知识，以解决更为复杂的跨领域的问题。本节将深入探讨跨学科方法的概念、范畴及其在不同领域的应用。

（一）跨学科方法的概念

1. 定义

跨学科方法是指研究者运用不同学科的理论、方法和技术，以全面、多维度的方式来解决一个问题或探索一个主题。跨学科方法旨在超越学科的独立性，促使学科之间的互动和合作，以创造更全面、综合的知识体系。

2. 特征

跨学科方法具有以下特征：

整合性：将来自不同学科的知识整合在一起，形成更全面、丰富的理解。

交互性：促使不同学科的专家进行积极的交流、合作，共同解决问题。

创新性：鼓励在学科交叉的过程中产生新的理论、方法和研究领域。

（二）跨学科方法的范畴

1. 跨学科研究

跨学科研究是指研究者在一个项目或主题中运用多个学科的知识和方法。这可能涉及多个学科的专家团队，共同合作解决一个复杂的问题，或者通过整合不同学科的理论构建新的研究框架。

2. 跨学科教育

跨学科教育旨在培养学生具备多学科综合能力。这包括设计综合性的课程、项目，以及促使学生在学术研究中涉足不同学科领域，培养综合性的思维和解决问题的能力。

3. 跨学科应用

跨学科应用是将一个学科领域的知识、理论、方法应用到另一个学科领域，以解决实际问题。这种应用可能包括工程技术在医学领域的应用，心理学在设计领域的应用等。

4. 跨学科交流

跨学科交流是学科专家之间的沟通和合作，以促进知识的交流和整合。跨学科交流有助于拓宽学科边界，促使学科之间的相互渗透，为综合性研究和合作奠定基础。

（三）跨学科方法在不同领域的应用

1. 科学与技术

在科学与技术领域，跨学科方法广泛应用于解决复杂的科学问题。例如，在生物信息学中，生物学、计算机科学和数学专家合作开展研究，以更好地理解基因组学等问题。

2. 医学与健康科学

在医学领域，跨学科方法被应用于研究疾病的综合性治疗。医学、生物学、心理学等学科的专家共同合作，以制定更全面的治疗方案，关注生理、心理、社会等多个层面。

3. 社会科学

在社会科学领域，跨学科方法有助于研究社会问题的多方面因素。经济学、社会学、心理学等学科的交叉研究可以深入探讨社会问题的根本原因和解决途径。

4. 环境与可持续发展

在环境科学与可持续发展领域，跨学科方法被广泛应用于研究气候变化、资源管理等问题。地球科学、社会学、工程学等学科的交叉研究有助于寻找综合性的环境解决方案。

（四）跨学科方法的未来发展趋势

1. 技术创新的推动

随着技术的不断创新，特别是信息技术、人工智能等领域的发展，跨学科方法将更便利地整合不同学科的知识和数据。大数据分析、机器学习等技术将成为促进跨学科研究的有力工具。

2. 学科交叉平台的建设

为促进学科之间的交流与合作，建设学科交叉的平台将变得更为重要。这包括跨学科研究中心、科研项目和国际性的学术会议，为研究者提供更广阔的合作空间。

3.教育改革的推进

跨学科思维和能力的培养需要教育体系的支持。学校和研究机构应加强对跨学科教育的投入，培养具备综合性思考和合作能力的新一代研究者。

4.跨国合作的加强

全球性问题愈加凸显，需要跨国合作来解决。在应对气候变化、传染病等全球性挑战时，跨学科方法将更加需要，促使不同国家的学科专家共同合作。

跨学科方法的兴起标志着学术研究的一种新趋势，它能够更全面、更深入地理解和解决复杂问题。虽然面临一些挑战，但通过技术创新、学科交叉平台建设、教育改革和跨国合作的加强，跨学科方法有望在未来得到更广泛、更深入的应用。这种综合性的研究方式将为人类社会的发展提供更为全面、有力的支持，推动知识的整合与创新。

二、跨学科方法在文学研究中的实践案例

文学研究作为一门人文学科，长期以来主要受到文学批评、历史学和语言学等传统学科的影响。然而，近年来，跨学科方法在文学研究中的应用逐渐崭露头角，为研究者提供了更广阔的视野和更深入的思考。这里笔者将通过具体案例，探讨跨学科方法在文学研究中的实践，以及这些实践如何丰富对文学作品的理解。

（一）文学与心理学的交叉研究

1.案例一：《瓦尔登湖》的心理学解读

以亨利·戴维·梭罗的《瓦尔登湖》为例，研究者采用心理学的角度，关注主人公梭罗的孤独感和对自然的沉思。通过分析梭罗的心理状态，研究者揭示了作品中蕴含的深刻的心理学主题，探讨了自然环境对个体内在世界的影响。

2.案例二：采用弗洛伊德心理分析理论解读《威尼斯商人》

对于威廉·莎士比亚的《威尼斯商人》，研究者采用弗洛伊德的心理分析理论，解读主人公仇恨的深层动机以及角色之间的潜在情感关系。通过运用梦境分析等方法，他们揭示了文学作品中潜在的心理冲突和欲望。

（二）文学与社会学的交叉研究

1. 案例三：《雾都孤儿》与社会阶层

查尔斯·狄更斯的《雾都孤儿》中描绘了 19 世纪伦敦贫富悬殊的社会现象。通过社会学的视角，研究者分析了小说中不同社会阶层的描绘，探讨了社会经济状况对个体命运的深刻影响。

2. 案例四：从女性主义视角解读《简爱》

夏洛蒂·勃朗特的《简爱》在女性主义文学中占有重要地位。通过结合社会学的性别角色理论，研究者分析了小说中的女性形象和她们在当时社会中的地位，揭示了勃朗特对女性解放的思考。

（三）文学与历史学的交叉研究

1. 案例五：《战争与和平》中的历史再现

列夫·托尔斯泰的《战争与和平》通过叙述拿破仑战争时期的历史事件，为历史学家提供了宝贵的文学材料。研究者通过文学作品中的历史再现，分析了当时社会的政治、文化和军事格局，为历史研究提供了多维度的视角。

2. 案例六：南美魔幻现实主义文学与拉丁美洲历史

对于魔幻现实主义文学，特别是拉丁美洲的作品，研究者通过文学作品中的奇幻元素，揭示了作品背后蕴含的对拉丁美洲历史、文化和政治的独特见解。这种交叉研究为理解该地区的社会演变提供了文学化的途径。

（四）跨学科方法在文学研究中的实践

跨学科方法在文学研究中的实践为我们提供了更为综合和深入的文学理解。通过将心理学、社会学、历史学、科学等不同学科的方法融入文学研究，研究者能够从多个角度审视文学作品，挖掘其更为深层的内涵。然而，跨学科方法也面临着一系列挑战，包括方法论差异、评价标准的不确定性和学科孤立。克服这些困难需要跨学科研究者的共同努力，同时也需要学术界和教育机构的支持和认可。未来，随着跨学科思维的深入推进，我们有望看到更多富有创新性和深度的文学研究工作，为人们对文学作品的理解带来新的启示。

三、跨学科方法对文学批评的启示

文学批评作为对文学作品进行分析和解读的学科，传统上受到文学理论、历史学、哲学等传统学科的影响。然而，近年来，跨学科方法的兴起为文学批评注入了新的活力。这里笔者将深入探讨跨学科方法对文学批评的启示，以及这一交叉方法如何拓展对文学作品的理解。

（一）文学批评与心理学的融合

1. 小说角色的心理分析

传统的文学批评注重对小说人物的行为和言论的解读。然而，通过结合心理学的方法，批评者可以深入分析人物的内在心理状态、冲突和动机。例如，对小说中主人公的潜在焦虑或心理创伤进行分析，能够为更深刻的人物解读提供理论基础。

2. 读者反应与情感分析

传统文学批评往往忽视了读者的角色，而跨学科方法引入了心理学中的读者反应理论。通过分析读者在阅读过程中的情感、认知和体验，可以更全面地理解文学作品的影响力和意义。

（二）文学批评与社会学的融合

1. 文学作品中的社会结构分析

社会学对于社会结构和阶层的研究可以为文学批评提供更为深刻的背景。例如，通过分析小说中的人物关系、社会背景和权力结构，可以更全面地理解作品对社会现象的反映。

2. 女性主义文学批评

跨学科方法在文学批评中推动了女性主义理论的兴起。通过结合社会学的性别角色理论，文学批评者能够更深入地分析文学作品中的性别议题，揭示女性在文学中的地位和其变革。

（三）文学批评与历史学的融合

1. 文学作品中的历史再现

文学作品常常通过对历史事件的再现来构建其情节和背景。跨学科方法可以通过结合历史学的视角，对小说中的历史再现进行分析，揭示作品对于历史时期和事件的诠释。

2. 战争文学与历史考据

在战争文学批评中，结合历史学的方法对文学作品进行历史考据，可以深入了解小说中的战争情境、人物命运等是否符合历史事实。这有助于理解文学作品对战争史的贡献和反思。

（四）文学批评与科学的融合

1. 科幻文学与科学理论

在科幻文学中，科学与文学的交叉尤为显著。通过结合科学的理论，文学批评者可以分析科幻小说中的科学设想和未来预测，评估作品对科学发展的启示和影响。

2. 生态文学与环境科学

跨学科方法在生态文学批评中得到了广泛应用。通过结合环境科学的知识，文学批评者能够分析文学作品对自然环境的描绘，揭示文学与生态问题的关系。

（五）跨学科方法的启示

1. 综合性思考

跨学科方法强调整合性思考，要求文学批评者从不同学科的角度审视文学作品。这拓展了文学批评的视野，使其不再局限于传统文学理论，而是能够更全面、更深入地理解文学作品。

2. 方法论多样性

跨学科方法的特征之一是方法论的多样性。文学批评者可以灵活运用不同学科的研究方法，如历史学的文献考据、心理学的实证研究、社会学的调查方法等，以更好地研究文学作品中的复杂问题。这种多样性丰富了文学批评的方法工具箱，使其更具灵活性和适应性。

3. 促进跨界合作

跨学科方法鼓励不同学科领域的专家之间进行合作。文学批评者与心理学家、社会学家、历史学家、科学家等专家之间的跨界合作可以创造出更为丰富和深刻的研究成果。这种合作不仅拓展了研究者的视野，也为学科之间的互动提供了契机。

4. 解读文学作品的多重层面

通过跨学科方法，文学批评者能够更全面地解读文学作品的多重层面。例如，在分析小说中的人物时，除了关注其言行，还可以深入了解其心理状态、社会背景、历史环境等多个方面。这样的多重层面分析有助于提炼出更为综合和深刻的文学解读。

5. 拓展文学研究的领域

跨学科方法的引入拓展了文学研究的领域。文学批评者不再局限于传统的文学作品分析，而是能够涉足心理学、社会学、历史学、科学等多个领域。这种拓展使文学研究更具综合性，有助于理解文学作品与其他领域的交叉影响。

（六）跨学科方法的前景

1. 挑战

（1）方法论差异

不同学科有着各自的研究方法和理论体系，研究者在运用跨学科方法时需要面对方法论差异的挑战。例如，文学研究和心理学研究在方法选择和数据解读上存在较大差异，研究者需要克服这些差异，确保方法的合理性和有效性。

（2）评价标准

跨学科研究者常常面临来自传统学科评价标准的挑战。学术界往往更容易理解和接受传统学科的研究成果，而对于跨学科研究的评价标准尚未完全建立。研究者需要努力证明其工作的学术价值，并争取学术界的认可。

（3）学科孤立

学科孤立是指不同学科之间的隔阂，这种隔阂可能导致合作停滞。文学研究者和其他学科专家之间需要建立有效的沟通桥梁，互相理解对方的专业术语和研究逻辑，以促进良好的合作。

2. 机遇

（1）创新理论

跨学科方法为创新理论提供了广阔的空间。通过结合不同学科的理论，研究者有机会创造新的理论框架，从而深化对文学作品的理解。这种创新理论对于推动学科的发展具有积极作用。

（2）解决复杂问题

文学作品往往反映了社会、文化、历史等多个方面的复杂问题。跨学科方法使研究者能够从多个角度审视这些问题，为解决复杂问题提供更全面的思考和解决方案。

（3）提升研究深度

通过融合不同学科的方法，研究者能够深入挖掘文学作品中的内涵。例如，结合心理学方法分析文学角色的心理状态，能够使研究更为深刻和立体。

（4）新兴领域的发展

跨学科方法为文学批评带来了新的研究领域，如数字人文学、环境文学、医学人文等。这些新兴领域的发展将为文学批评注入新的动力，使其更好地适应当代社会的多元需求。

（5）推动跨学科教育

跨学科方法的兴起也促使跨学科教育的发展。培养具备多学科思维和综合能力的研究者将成为未来学术研究的重要方向。跨学科教育有望培养更具创新力和综合性思考能力的学子，为未来的文学研究和其他领域的跨学科研究做好铺垫。

（6）全球性问题的研究

全球性问题，如气候变化、流行病、人权等，需要跨学科方法来深入研究并提出对应的解决方案。文学批评通过与其他学科的合作，可以为这些重大问题提供更为综合和人文化的视角，推动社会对这些问题的更好理解和回应。

跨学科方法为文学批评带来了新的启示，拓展了研究者对文学作品的理解方式。通过与心理学、社会学、历史学、科学等学科的交叉，文学批评者可以更全面地分析文学作品，揭示其中更为深刻的层次和内涵。然而，跨学科方法也面临一系列挑战，包括学科差异、评价标准的不确定性等。未来，随着跨学科思维的深入推进，文学批评者需要不断拓展自己的知识领域，培养跨学科思维和合作能力。同时，学术界和教育机构也需要更多地支持和推动跨学科方法的发展，以促进文学批评更为全面、深入的研究。跨学科方法的融合将使文学批评更好地服务于社会和人类文明的发展。

第二章 跨文化研究的理论概述

第一节 跨文化研究的定义与范围

一、跨文化研究的概念解析

跨文化研究作为一门涉及多个文化之间相互关系的学科，近年来在学术界备受关注。它比较和分析不同文化之间的相似性和差异性，旨在深化对文化的理解，促进文化间的对话与交流。本节将对跨文化研究进行概念解析，探讨其定义、目的、方法及在当代社会中的重要性。

（一）跨文化研究的定义

1. 跨文化研究的基本概念

跨文化研究是一种涉及多个文化之间相互关系的跨学科研究领域。它旨在深入理解不同文化在社会、经济、政治、宗教、艺术等方面的内容，并通过比较分析来揭示文化间的相似性和差异性。跨文化研究不仅关注文化之间的异质性，更强调文化间的互动和相互影响。

2. 跨文化研究的特征

比较性：跨文化研究的核心特征之一是比较性。通过对不同文化进行比较，研究者能够发现文化的共性和特殊性，从而推动文化研究的深化。

对相互影响的关注：跨文化研究注重文化之间的相互影响。文化并非孤立存在，而是在相互交流中不断演变。研究者关注文化之间的互动，揭示文化传播、融合和演变的过程。

全球化视角：跨文化研究通常以全球化视角来审视文化。在全球化的背景下，文化交流更加频繁，跨文化研究有助于理解全球范围内文化的动态变化。

（二）跨文化研究的目的

1. 促进文化理解

跨文化研究的首要目的是加深对文化的理解。通过比较不同文化的价值观、信仰体系、社会结构等方面，人们能够更好地理解其他文化，避免片面和刻板的认知，促进跨文化交流与理解。

2. 推动文化多样性

文化多样性是人类社会的重要特征，推动文化多样性是跨文化研究的目标之一。通过揭示各种文化的特色和贡献，跨文化研究有助于推动文化多样性得到认可和尊重，防止文化同质化。

3. 促进和平与合作

在全球化的时代，文化之间的误解和冲突成为阻碍国际合作的障碍。跨文化研究致力于通过增进文化之间的理解，促进国际和平与合作。通过减少文化差异造成的误解，人们更容易建立基于共同利益的共同目标。

4. 解决全球性问题

全球性问题，如气候变化、公共卫生、人权等，需要各国共同协作。跨文化研究为解决这些问题提供了必要的文化背景和理解基础，有助于形成全球性的解决方案。

（三）跨文化研究的方法

1. 田野调查

田野调查是跨文化研究中常用的方法之一。研究者深入特定文化环境中，通过参与观察、访谈、问卷调查等方式收集数据，以获取对该文化的全面了解。

2. 案例研究

跨文化研究中的案例研究注重深入挖掘个别文化的特色和问题。研究者通过深入分析单个文化案例，揭示其内在机制和发展趋势。

3. 比较研究

比较研究是跨文化研究的基本方法之一。通过对两个或多个文化进行比较，研究者可以发现其相似性和差异性，从而深化对文化的理解。

4. 文本分析

文本分析是通过研究文学作品、宗教经典、历史文献等文本来了解文化的方法。通过文本分析，研究者可以洞察文化的核心价值观、信仰体系和历史演变。

（四）跨文化研究的重要性

1. 促进全球化背景下各国的文化交流

在全球化的今天，文化交流越发频繁。跨文化研究为不同文化之间的交流提供了重要支持。通过深入研究各种文化，我们能够更好地理解并尊重彼此的差异，为文化交流创造更加包容和平等的环境。

2. 促进文化创新与发展

跨文化研究有助于文化的创新和发展。通过在不同文化间寻找共性和启示，人们可以创造新的文化表达形式、艺术作品、科技创新等。这种跨文化的创新促进了文化的繁荣与发展。

3. 解决全球性问题

许多全球性问题，如气候变化、人权问题、公共卫生等，都需要国际协作和各国的理解。跨文化研究提供了解决这些问题的文化角度，为国际社会制定更有效的政策提供了支持。

4. 促进和平与稳定

文化差异往往是冲突的根源之一。通过深入研究文化，理解彼此的信仰、价值观和历史，可以减少误解与偏见，有助于促进国际社会的和平与稳定。

（五）跨文化研究的挑战

1. 语言障碍

语言是文化传承的主要工具，但在跨文化研究中，语言差异可能成为一大挑战。不同文化使用不同的语言，而且文化内部可能存在方言和专有术语，这使得准确理解和翻译成为困难的任务。

2. 文化歧视与偏见

研究者可能带有自身文化的偏见,导致对其他文化的研究不客观。文化歧视可能阻碍对其他文化的深入理解,因此,研究者应保持开放的心态,尊重被研究文化。

3. 方法论的困境

跨文化研究涉及多学科、多方法的综合运用,但在选择和整合方法时可能面临困难。不同的研究方法可能存在差异,如何在跨文化研究中统一方法成为一个挑战。

4. 文化动态性

文化是动态变化的,而且变化的速度可能很快。在跨文化研究中,如何捕捉和理解文化的动态变化,以及如何应对文化的不确定性,是一个需要深思熟虑的问题。

(六)未来展望

跨文化研究在全球化时代具有重要的意义,对于促进文化交流、解决全球性问题、促进和平与合作都有着深远的影响。未来,我们可以期待其在以下方向的发展:

1. 数字化技术的应用

随着数字化技术的发展,数字化工具在跨文化研究中的应用将更为广泛。通过大数据分析、虚拟现实等技术,研究者可以更全面、深入地了解不同文化。

2. 跨学科研究的深化

跨文化研究需要更多跨学科的合作。与心理学、社会学、人类学、语言学等学科的深度合作,将为跨文化研究提供更丰富的视角和方法。

3. 文化教育的强化

加强文化教育,培养人们的跨文化意识和能力,将对未来社会的文化交流和理解产生积极影响。教育机构应将跨文化研究融入教学体系,使学生更好地理解和尊重不同文化。

4.全球性挑战的应对

跨文化研究需要更多关注全球性挑战，如气候变化、公共卫生、贫困等。在这些领域，文化因素对问题的解决产生深远的影响，跨文化研究有望为全球性挑战提供更有针对性的解决方案。

跨文化研究不仅是一种学术研究方法，更是一种促进文明对话、促进文化交流、解决全球性问题的重要途径。通过深入理解和尊重不同文化，我们可以建设一个更加多元、包容、和谐的世界。在未来，随着全球交往的不断加深，跨文化研究将发挥愈加重要的作用。加强跨文化研究，不仅有助于解决全球性的挑战，还能为文化创新、和平发展、全球公民意识的提升做出影响更为深远的贡献。在这一过程中，我们需要克服方法论的困境、文化歧视的挑战，注重语言障碍的应对，同时结合数字化技术的创新，推动跨文化研究向更高水平发展。

未来，跨文化研究需要以更加开放、包容、合作的态度前行。通过不断拓展研究方法、加深学科交叉、加强国际合作，我们可以期待跨文化研究在解决全球性问题、促进全球文化交流、推动文明共存方面发挥更为重要的作用。这也将有助于建立更加公正、平等、和谐的国际社会，为人类共同的未来创造更加美好的前景。

二、跨文化研究的学科交叉性质

跨文化研究作为一门涉及多个文化之间相互关系的学科，其学科交叉性质使得其研究范畴不仅仅局限于传统的学科边界。这里笔者将深入探讨跨文化研究的学科交叉性质，探讨其与人类学、社会学、语言学、心理学等学科的关系，以及这些交叉的性质如何丰富和拓展跨文化研究的理论与实践。

（一）跨文化研究与人类学

1.人类学与跨文化研究的关系

人类学是研究人类各个方面的学科，包括文化人类学、社会人类学、考古学等分支。跨文化研究与人类学有着密切的关系，因为它强调对不同文化之间相互关系的深入理解。人类学的方法论和理论框架为跨文化研究提供了基础。

2. 人类学的贡献

人类学注重对文化的全面研究，通过参与观察、田野调查等方法，深入了解不同文化的生活方式、价值观、社会结构等方面。这些人类学的研究方法为跨文化研究提供了深入挖掘文化本质的途径。

3. 跨文化研究的拓展

跨文化研究通过与人类学的交叉，进一步拓展了研究范畴。它不仅关注人类社会的结构和文化传统，还注重文化间的相互影响和全球化时代的文化变迁。这使得跨文化研究在理论和实践上更具广度和深度。

（二）跨文化研究与社会学

1. 社会学与跨文化研究的关系

社会学关注社会组织、结构、变迁等问题，而跨文化研究强调不同文化背景下社会结构和组织的异同。两者的关系在于，社会学提供了理论和方法，帮助跨文化研究更好地理解不同文化中的社会现象。

2. 社会学的贡献

社会学为跨文化研究提供了一系列理论工具，例如社会结构、群体行为、社会变迁等。通过社会学的视角，研究者可以更全面地理解不同文化社会的组织原则、社会规范和社会关系。

3. 跨文化研究的拓展

跨文化研究通过结合社会学的视角，使研究者能够更深入地探讨文化与社会结构的相互关系。它关注文化对社会组织的影响，同时也考察社会结构如何反作用于文化。这种综合性的研究有助于揭示文化与社会的复杂互动关系。

（三）跨文化研究与语言学

1. 语言学与跨文化研究的关系

语言是文化的重要组成部分，而语言学作为研究语言的学科，与跨文化研究的关系密切。语言学为跨文化研究提供了研究文化表达和交流的重要视角。

2. 语言学的贡献

语言学在跨文化研究中的贡献体现在对语言背后文化含义的解读上。语言是文化传递的媒介，通过语言学的方法，研究者能够深入了解文化中的隐含规范、价值观念以及社会关系。

3. 跨文化研究的拓展

跨文化研究通过与语言学的交叉，进一步强调语言在文化间的重要作用。它不仅关注语言的结构和语法，更注重语言背后的文化意义。这有助于研究者更全面地理解不同文化中的语言表达，从而更好地理解文化。

（四）跨文化研究与心理学

1. 心理学与跨文化研究的关系

心理学关注个体心理过程、行为和发展，而跨文化研究强调不同文化背景下的心理差异。两者的关系在于，心理学为跨文化研究提供了研究个体和群体心理特征的理论和方法。

2. 心理学的贡献

心理学为跨文化研究提供了一系列的研究方法，如跨文化心理学、文化心理学等。通过这些方法，研究者能够深入探讨不同文化下的心理过程，包括认知、情感、人格等方面的差异。

3. 跨文化研究的拓展

跨文化研究通过与心理学的交叉，拓展了对文化与心理过程关系的研究。它关注不同文化中的心理发展、文化对人格形成的影响、情感表达的差异等。这使得研究者更能够全面理解文化是如何塑造个体心理特征的。

（五）跨文化研究的跨学科性质

1. 跨文化研究的跨学科性

跨文化研究涉及多个学科，包括但不限于人类学、社会学、语言学、心理学、文学等。其研究对象包括文化、社会、语言、心理等多个层面，因此需要借助多个学科的理论和方法来全面理解文化的复杂性。

2. 学科交叉的优势

学科交叉为跨文化研究带来了多方面的优势。首先，它丰富了研究视角，使研究者能够更全面、多维度地理解文化。其次，学科交叉有助于弥补各学科的不足，通过综合不同学科的优势，研究者可以更好地解决复杂问题。

3. 跨学科性质的挑战

然而，跨文化研究的跨学科性也面临一些挑战。不同学科之间的术语、方法和研究范式差异可能导致沟通障碍。因此，研究者需要具备跨学科合作的能力，以克服这些挑战。

（六）跨文化研究的未来发展

1. 技术的崛起

随着技术的迅猛发展，尤其是数字化技术、虚拟现实技术的崛起，跨文化研究将更容易进行远程合作、数据收集和文化体验。技术的应用将为跨文化研究提供更丰富的研究手段。

2. 跨学科方法的深化

未来跨文化研究将更加注重跨学科方法的深化。不仅仅是学科间的并行，而是更深层次的整合与交融。这需要研究者具备更广泛的学科知识，以更好地应对复杂的研究问题。

3. 对文化多元性的关注

未来跨文化研究将更加关注文化的多元性。这包括对被边缘化文化、少数族群文化的更深入研究，以及对全球文化多样性的保护和促进。

4. 全球性问题的研究

随着全球性问题日益凸显，例如气候变化、公共卫生危机等，未来跨文化研究将更加关注这些问题。通过深入研究文化对全球性问题的影响，为制定解决方案提供文化层面的理解。

跨文化研究的学科交叉性质为我们提供了更丰富、更深入的文化理解。通过与人类学、社会学、语言学、心理学等学科的交叉，跨文化研究能够更全面地揭示文化的复杂性。未来，随着技术的发展和学科交叉的深化，跨文化研究将更好地回应全球性挑战，推动文化研究向更高水平迈进。同时，跨文化研究也需要研究者在学科交叉中保持开放心态，不断创新研究方法，以更好地理解和尊重不同文化，为构建多元、和谐的世界贡献力量。

三、跨文化研究的范围与局限

跨文化研究作为一门多学科交叉的研究领域，致力于深入理解不同文化之间的相互影响、差异和共性。然而，正如任何研究领域一样，跨文化研究也有一定的研究范围和限制。这里笔者将探讨跨文化研究的研究范围，深入挖掘其研究对象、方法及对于全球社会的启示。同时，也将审视其局限性，包括研究中的困难、潜在的偏见和文化相对主义的问题。

（一）跨文化研究的范围

1.研究对象的多样性

跨文化研究的范围涵盖了全球各个地区、各个文化，包括但不限于西方文化、东方文化、非洲文化、印度文化等。研究对象可以是整个国家或地区的文化，也可以是特定族群、社群的文化。这种多样性使得研究者能够深入挖掘各种文化中的独特性和共同性。

2.研究领域的广泛性

跨文化研究覆盖了众多学科领域，包括人类学、社会学、语言学、心理学、文学、艺术等。这种广泛的学科涉及使得研究者能够从不同的角度深入研究文化，揭示文化对个体和社会的影响。

3.跨学科合作

跨文化研究的范围之广不仅在于各种文化和学科的涵盖，还在于其强调跨学科合作。研究者通常需要整合多个学科的理论和方法，以便更全面、深入地理解文化现象。这种合作有助于弥补各学科的不足，提供更全面的研究视角。

（二）跨文化研究的研究方法

1. 田野调查与参与观察

跨文化研究常常采用田野调查和参与观察的方法。研究者亲自走入文化的生活中，与当地人交流互动，深入了解他们的日常生活、价值观念和社会组织。这种方法有助于捕捉到文化的细微差异和丰富内涵。

2. 比较研究

跨文化研究经常进行文化的比较。通过对不同文化进行对比，研究者能够识别出文化之间的异同，探究文化对人类行为、思维和社会组织的影响。比较研究有助于建立文化模型和理论框架。

3. 量化研究

除了质性研究方法，跨文化研究也常采用量化研究方法。通过设计问卷、统计分析等手段，研究者可以获取更广泛的数据，进行大规模的文化比较。这种方法有助于建立横跨多个文化的普适性理论。

4. 文学和艺术分析

文学和艺术作为文化的表达形式，也是跨文化研究的重要对象。通过文学和艺术的分析，研究者可以揭示文化中蕴含的价值观、信仰和情感。文学和艺术作为文化的记录者，为跨文化研究提供了丰富的文化材料。

（三）跨文化研究的启示与贡献

1. 对文化相对主义的挑战

跨文化研究挑战了文化相对主义的观点。通过比较不同文化，研究者能够找到文化之间的共性，建立起普适性理论。这有助于超越将文化视为封闭、相对的理念，更好地理解不同文化之间的交流和影响。

2. 对多元文化社会的理解

跨文化研究促进了对多元文化社会的更深入理解。在当今全球化的背景下，不同文化相互交融，形成多元文化社会。通过跨文化研究，人们能够更好地应对多元文化带来的挑战，促进文化的共存和融合。

3. 拓展文化视野

跨文化研究为个体拓展了文化视野。参与跨文化研究的个体不仅能够更深入地了解他人的文化,还能够反思和拓展自身的文化认知。这种跨文化的体验有助于消除文化间的误解和偏见,促使个体更加开放、包容、尊重不同文化。

4. 文化创新和交流

跨文化研究为文化创新和交流提供了有益的启示。通过深入了解不同文化的创意表达、艺术形式,人们可以从中汲取灵感,促进文化的创新。跨文化研究也为不同文化的交流提供了桥梁,使得不同文化能够更好地理解彼此,促成文化的互动和对话。

5. 跨文化团队协作的重要性

在全球化时代,企业和组织逐渐形成多元文化的团队。跨文化研究为这样的团队协作提供了理论和实践的支持。通过深入了解不同文化的工作习惯、沟通方式等,团队成员可以更有效地协同工作,创造出更富有创造性和活力的工作环境。

(四)跨文化研究的局限性

1. 文化的动态性

跨文化研究往往在某一时刻对文化进行观察和比较,但文化是动态变化的。文化的演变受到许多因素的影响,包括历史、社会、经济等。因此,跨文化研究可能无法完全捕捉到文化的变迁和发展。

2. 研究者的主观性

即使是经验丰富的研究者,在跨文化研究中仍然难免受到自身文化背景的影响。主观性的存在可能导致对于其他文化的理解存在偏差。研究者需要努力意识到自身文化背景对研究的潜在影响,并采取措施以降低自身主观性对文化研究影响。

3. 文化的复杂性

文化是一种复杂的现象,包含多个层面,如价值观、信仰、行为规范等。

跨文化研究难以全面地覆盖文化的方方面面。研究者可能需要在研究中进行选择并有所侧重，而这可能导致对于某些文化特征的忽视。

4.语言难题

语言是文化传承和表达的关键工具，但在跨文化研究中，语言可能成为沟通的障碍。翻译可能无法准确传达文化特有的含义，导致误解。语言难题可能使得研究者无法深入理解被研究文化。

跨文化研究的范围之广泛、研究方法之多样以及对全球社会的启示，使得这一领域在当今学术研究中具有重要地位。然而，我们也要认识到跨文化研究存在的一些局限性，这些局限性要求研究者在开展跨文化研究时保持谨慎和反思。

未来，随着全球化进程的不断推进，跨文化研究将面临新的挑战和机遇。数字技术的发展为文化数据的收集和分析提供了更多可能性，同时也为跨文化交流提供了新的途径。在应对挑战的同时，跨文化研究将更加强调文化的动态性、主观性的管理、对文化复杂性的更全面理解等方面的发展。

总体而言，跨文化研究在促进文化理解、促进多元文化社会的建设、推动全球合作等方面发挥着不可替代的作用。通过不断总结经验教训、创新研究方法，跨文化研究将为建设更加和谐、包容、充满创造力的全球社会做出更大的贡献。

第二节　文学与文化的关系

一、文学如何反映和塑造文化

文学是一种深刻的人类表达方式，通过语言艺术的形式反映和塑造着社会文化。文学作品承载着作者对于社会、人性、价值观的思考，同时也在读者中引发共鸣，成为文化传承的载体。本节将深入探讨文学作为反映和塑造文化的工具是如何在多层次上影响和被塑造社会文化的。

（一）文学的反映功能

1. 文学映射社会现实

文学作为一面反映社会现实的镜子，通过作品呈现出当时的社会风貌、人际关系、政治经济等方面的状态。文学作品中的情节、角色、对话等元素都是作者对社会的观察和描绘，从而使读者能够窥见作者所生活的时代。

2. 文学通过隐喻等手法反映社会现象

文学常常采用寓言、象征等手法，通过故事情节和人物塑造来表达对社会现象和问题的看法。作家借助隐喻的力量，不仅能够在文字中探讨社会问题，还能够在读者心中激起更深层次的思考和共鸣。

3. 文学再现历史

文学作品不仅反映了当下社会的面貌，还能通过历史小说、传记等形式再现过去的历史。通过虚构或真实的故事，作家能够将历史的细节和情感重新呈现在读者面前，使得读者更深刻地理解过去的社会文化。

（二）文学的塑造功能

1. 人物塑造与价值观表达

文学通过对人物的塑造来传递作者对于价值观念的理解和表达。人物的性格、言行举止、面临的困境等都是作者对于社会价值观念的体现。通过塑造正面或负面的人物形象，文学能够对社会价值进行引导，引发人们的反思。

2. 文学对文化认同的建构

文学是文化认同的重要构建者。通过描绘特定文化的风俗、传统，文学作品帮助社群成员建立起对自己文化的认同感。这种文化认同的建构不仅在国际范围内存在，也在小范围的社群和族群中得以体现。

3. 文学作为社会变革的推动者

一些文学作品通过呈现社会的不公正、不平等、不道德等问题，激发读者对于社会问题的关注和反思。这种社会变革的推动作用在一定程度上促使社会对于问题进行反思和改变，使得文学成为社会变革的重要力量。

（三）文学对文化的深层影响

1. 文学对语言的影响

文学作为语言艺术的一种表达方式，对语言的使用和演变有着深刻的影响。通过创造新的词汇、短语，引入不同的语法结构和表达方式，文学不仅丰富了语言的表达形式，也影响着社会中的语言风格和习惯。

2. 文学对审美标准的塑造

文学作品中的语言运用、结构设计、情感表达等方面的艺术手法，不仅对个体的审美教育产生影响，也在一定程度上影响着社会整体的审美标准。通过文学作品中的美学表达，社会逐渐形成对于美的共识和认同，影响人们对于艺术和美的理解。

3. 文学对道德观念的塑造

文学作为道德教育的载体，通过对人物行为和冲突的描绘，传递着作者对于道德观念的态度。文学作品中的道德冲突和人物选择，引导着读者对于善恶、正义和公平的思考，从而对社会的道德观念产生深远的影响。

4. 文学对文化记忆的保存

文学作为文化的记录者，通过作品中的故事情节、人物形象，将一代人的经验和文化传承下来，成为文化记忆的存储库。文学作品帮助社会保留过去的历史、传统和文化，使得这些信息能够在时间中延续并得以传承。

（四）文学在不同文化中的体现

1. 西方文学的个人主义

在西方文学中，个人主义往往是一个重要的主题。经典文学作品如《哈姆雷特》《傲慢与偏见》等强调个体的独特性和自由意志。这种对于个体价值的强调在西方文学中贯穿始终，反映了西方社会的价值观。

2. 东方文学的集体主义

相较于西方的个人主义，东方文学往往强调集体主义和社会责任。在中国文学中，例如《红楼梦》等作品，强调个体在家族、社会中的责任和羁绊。这反映了东方社会强调集体、家族关系的价值观。

3. 非洲文学的文化传承

非洲文学通常包含丰富的口头传统和民间故事，通过口述文学传承文化、历史和价值观。作品如《神鬼医生》《卡拉马祖》等呈现了非洲文学在保留和传承文化方面的重要作用。

（五）文学的争议性与挑战

1. 文学中的刻板印象和歧视

尽管文学具有塑造文化的力量，但有时也可能产生刻板印象和歧视。一些文学作品中的人物描绘和故事情节可能强化了社会中的负面刻板印象，加深了对某些群体的偏见。

2. 文学的权力和政治问题

文学的创作与传播也受到权力和政治的影响。某些文学作品可能因为涉及政治敏感话题而受到审查和封杀，作家可能因为其观点而面临审查和打压。这种权力与文学之间的关系常常引发社会的争议。

3. 全球化时代的文学挑战

随着全球化的加速，文学面临着更多的跨文化交流和融合的挑战。如何在全球化的时代保持文学的本土性，同时又能够吸引全球读者，是一个需要思考的问题。

文学作为一种艺术形式，不仅是对社会文化的反映，也是社会文化的塑造者。通过对人物、故事、语言的塑造，文学深刻地影响着人们的思考方式、价值观念和文化认同。然而，文学也面临着争议和挑战，如何在处理社会敏感话题时保持公正与包容，如何在全球化时代保持本土性与全球性的平衡，都是需要深入思考的问题。

未来，文学将继续在社会中发挥重要作用。随着社会的发展和变迁，文学将继续反映和塑造着文化，成为人类认知、情感表达和社会建设的重要工具。同时，文学也需要在新的时代背景下不断创新，面对多元文化的挑战，继续为人类的思想与精神生活注入新的活力。

二、文学作品对文化认同的影响

文学作为一种艺术形式,通过语言的魅力,深刻地反映和塑造着人类的文化认同。文学作品不仅是一种娱乐工具,更是一扇窗口,让读者窥见作者所处的文化背景,感受到不同文化之间的共鸣和冲突。这里笔者将深入探讨文学作品对文化认同的影响,从人物塑造、情节描绘、语言运用等方面剖析文学如何塑造和加深个体对文化认同的感知。

(一)文学作品中的人物塑造

1. 人物作为文化的代表

文学作品中的人物往往成为文化的代表,其性格、言行举止、价值观等方面都深受作者所处文化的影响。通过人物的塑造,作者向读者展示了文化中重要的特征和价值观念。

2. 文学作品中的文化英雄

文学作品往往创造并塑造一些文化英雄形象,这些英雄通常具有超越个体的特质,代表着文化的理想和信仰。通过对这些英雄的描述,文学作品激发了读者对文化价值的认同和尊崇。

3. 反叛与文化认同

一些文学作品通过塑造反叛的人物形象,探讨个体与文化之间的矛盾。这种反叛可能是对于文化传统的挑战,也可能是对于社会不公的反抗。通过塑造这样的人物,文学作品引导读者深入思考自己对于文化认同的态度。

(二)文学作品中的情节描绘

1. 文学作品中的社会环境

文学作品通过对社会环境的描绘,将读者带入特定文化的生活场景。这包括日常生活、社会结构、家庭制度等,通过情节的展开,读者逐渐感知到文化中的共同体验和价值观。

2. 文学作品中的文化冲突

文学作品常常通过描绘文化冲突，展现不同文化之间的对抗与交流。这些冲突可能是因为价值观念的差异、历史遗留问题等。通过情节的设置，文学作品引导读者思考不同文化之间的相互影响与融合。

3. 文学作品中的文化传统

一些文学作品通过对文化传统的描绘，让读者深刻体验到文化的历史沿革和传承。这包括宗教仪式、节日庆典、家族传统等，通过这些情节，文学作品强化了读者对文化的认同感、历史感和根基感。

（三）文学作品中的语言运用

1. 语言反映文化思维方式

文学作品中的语言不仅仅是一种表达工具，更是文化思维方式的反映。不同文化的语境、隐喻、谚语等都通过文学作品中的语言得以展现。读者通过接触这些语言元素，逐渐理解并认同特定文化的思维方式。

2. 文学作品中的多语言表达

在多元文化社会中，一些文学作品通过多语言的运用，展现了文化的交融和多元性。这不仅是对多语言社会的真实呈现，也是一种对于多元文化共存的探讨。通过多语言表达，文学作品引导读者接纳并尊重不同文化之间的语言差异。

3. 文学作品中的修辞手法

文学作品中的修辞手法往往与文化密切相关。比如，一些地域性的修辞手法可能会在作品中频繁出现，使读者感知到特定文化的语言风格。这种语言的特色加深了读者对文化的认同感。

（四）文学作品对文化认同的影响机制

1. 共鸣与情感连接

文学作品通过人物塑造、情节描绘、语言运用等方面创造共鸣点，使读者能够在作品中找到自己的影子，建立情感上的连接。这种共鸣加深了读者对文学作品中文化元素的认同。

2.视角塑造与身临其境感

通过文学作品中的视角选择，读者仿佛置身于特定文化的环境中。这种身临其境感使读者更为直观地感受到文化的氛围，从而促进对文化的深入认同。

3.反思与思想引导

文学作品中的对话、独白、描写等元素常常引导读者进行深刻的思考。一些文学作品通过对社会问题、文化矛盾的揭示，激发读者对于自身文化认同的反思。这种思想引导不仅让读者更深刻地理解自己所处文化，也促使他们思考文化的多样性和复杂性。

4.文学作品的社会影响

一些重要的文学作品往往具有深远的社会影响力，它们可能成为社会变革的催化剂。当一部作品通过对社会问题的揭示和对文化认同的探讨，引发了广泛关注和讨论时，它可能成为社会中的一股力量，推动社会对于文化认同的重新审视和反思。

（五）文学作品的案例分析

1.《百年孤独》——拉丁美洲文化的魔幻现实主义

加西亚·马尔克斯的《百年孤独》是一部代表性的拉丁美洲文学巨著。通过对布恩迪亚家族七代人的叙述，马尔克斯创造了一个充满魔幻现实主义的文学世界。作品中融入了拉丁美洲独特的文化元素，包括传统的家族观念、神秘的魔法现象等。这种独特的文化氛围让读者在阅读中体验到拉丁美洲文化的丰富多彩，加深了对这一文化的认同感。

2.《傲慢与偏见》——英国乡绅文化的写照

简·奥斯汀的《傲慢与偏见》通过对19世纪英国乡绅社会的描绘，展示了当时社会的等级观念、礼仪规范等方面的文化特征。小说中的人物形象、社会结构、婚姻观念等元素都反映了当时英国社会的文化认同。通过对小说的阅读，读者不仅了解到英国乡绅文化的方方面面，也在情感上与小说中的人物产生了共鸣。

(六)文学作品对文化认同的挑战和争议

1. 文学中的刻板印象

一些文学作品在描绘特定文化时,可能过分夸大某些特征,导致刻板印象的产生。这种刻板印象可能导致读者对于文化的片面理解,挑战了文学作品对于真实文化的反映。

2. 文学的文化偏见

作家的个人观点和文化背景可能影响到作品中对于其他文化的描绘。一些文学作品可能因为作者的文化偏见而呈现出不客观的形象,导致对于文化认同的误导和争议。

3. 文学的政治敏锐性

一些文学作品涉及政治敏锐话题,可能因此面临审查和封杀。这种政治干预可能影响文学作品对于文化认同的真实表达,引发社会争议。

文学作品对文化认同的影响是复杂而深刻的。通过人物塑造、情节描绘、语言运用等多方面的表达,文学作品创造了一个个富有生命力的文化世界,深深地影响着读者的认知和情感。然而,文学作品也面临着挑战和争议,包括刻板印象、文化偏见和政治敏感性等问题。

未来,文学作品将在推动文化认同方面继续发挥重要作用。作家需要更加关注文学作品的客观性和多元性,尊重并深入理解不同文化的复杂性。随着全球化的加深,文学将在不同文化之间建立更为深厚的桥梁,促进文化的交流与共融。文学的力量将继续激发人们对文化认同的思考,推动社会对于多元文化的尊重和包容。

三、跨文化研究中的文学与文化互动

跨文化研究是一门涉及多种文化之间相互关系、交流和比较的领域。文学作为一种艺术形式,承载着文化的思想、价值观和情感,因此在跨文化研究中扮演着重要的角色。这里笔者将深入探讨文学与文化之间的互动关系,分析文学如何在跨文化研究中促进文化理解、反映文化差异、推动文化交流,并探讨文学如何成为跨文化研究的有效工具。

（一）文学作为文化的反映

1. 文学的语言表达

文学作品通过语言艺术的表达方式，传递着作者所处文化的语境、表达方式和语言美学。不同文化中的语言结构、修辞手法及词汇选择都反映了独特的文化特征。通过文学，我们能够深入体验到不同文化的语言之美，理解其在思维和表达上的独特性。

2. 文学的历史与传统

文学作为文化的一部分，通常承载着历史和传统。通过文学作品，人们可以了解到一个文化的起源、演变过程及沿袭下来的传统观念。文学作品中的历史小说、史诗等形式能够为跨文化研究提供历史角度的文化认知，使人们更好地理解不同文化的演变过程。

3. 文学中的社会结构与价值观

文学作品往往通过描绘人物关系、社会结构、道德观念等来反映特定文化的社会组织和价值观。不同文学传统中对家庭、友谊、爱情等关系的处理方式，以及对于权力、正义、自由等价值观的态度，都体现了文学作品对文化内涵的捕捉和表达。

（二）文学作为文化的塑造者

1. 人物塑造与文化认同

文学作品通过对人物的塑造，呈现了文化中的特定个体形象。这些人物通常具有特有的性格、言行和处世哲学，成为读者与某种文化建立情感联系的媒介。人物形象的深刻刻画能够加深读者对特定文化的认同感。

2. 文学作品中的文化符号

文学中常常使用具有象征意义的文化符号，如传统仪式、建筑、食物等，这些符号在文学作品中成为文化的代表。通过这些符号，读者能够感知到文学作品中所反映的文化特征，进而理解不同文化之间的差异与共通之处。

3.文学的文化批判与创新

一些文学作品通过对社会现象的批判，挑战文化中的不公正、偏见等问题。这种文学的文化批判作用推动着文化的变革与创新。文学作品作为反思和启发的工具，能够促进文化的发展，使其更加开放、包容和富有活力。

（三）文学是促进文化理解的机制

1.跨越时空的情感共鸣

文学作品能够创造出具有普遍性的情感体验，使读者能够在情感上与不同文化中的人物产生共鸣。这种情感共鸣能够跨越时空和文化差异，促使人们更深层次地理解和接纳其他文化。

2.文学的情节设定与文化考古

文学作品中的情节设定往往包含对文化历史的考古。通过描绘特定时代、特定社会背景下的故事，文学作品帮助读者深入了解该文化的历史，为理解现代文化提供了历史性的背景。

3.文学的多视角叙述

一些文学作品采用多视角的叙述方式，通过不同人物的视角展现同一事件或社会现象。这种多视角叙事有助于读者全面理解文化的多样性，超越单一视角的限制，使跨文化研究更为全面和深入。

（四）文学在文化交流中的作用

1.文学的翻译与传播

文学作品通过翻译成不同语言，能够跨越语言障碍，为不同文化间的交流搭建桥梁。文学的传播有助于推广一国文化，使其在全球范围内获得更广泛的认可与理解。

2.文学的国际交流平台

文学节、作家沙龙等国际性的文学活动成为文学交流的平台。在这些活动中，来自不同文化背景的作家、评论家、读者可以互相交流，分享彼此的文学体验和文化观点。这种交流促使文学在国际范围内得以传播，加深了人们对各种文化的了解。

3. 文学的国际比较研究

跨文化研究中的文学比较研究通过对不同文学作品、文学传统的对比分析，揭示了文学在不同文化中的共性和差异。这种比较研究有助于超越单一文化的狭隘视野，为建立更为全面的文化认知提供了途径。

（五）文学面临的挑战与争议

1. 文学的主观性与客观性之争

文学作为艺术的一种形式，往往具有主观性的特点，反映了作家个体的观点和情感。然而，一些人认为文学应当追求客观性，对于文学作品中的主观色彩提出疑问。这种争议使得文学在跨文化研究中的客观性面临挑战。

2. 文学作品中的文化偏见与刻板印象

在文学作品中，一些作家可能因为个人文化背景、观念等原因，表现出对其他文化的偏见或刻板印象。这可能导致文学作品中的文化呈现不准确或不全面，引起争议。

3. 文学作品的文化敏感性

一些文学作品涉及文化敏感的话题，可能因此受到争议和敏感性的质疑。特定文化中的一些敏感问题，如宗教、政治等，往往在文学作品中呈现出来，引发文化冲突和争议。

文学与文化的互动是跨文化研究中的重要组成部分，它通过反映文化、塑造文化、促进理解和交流等方面，为跨文化研究提供了独特的视角和方法。然而，文学在跨文化研究中也面临着一系列的挑战和争议，如文化偏见、敏感性问题等。

未来，我们可以期待文学在跨文化研究中的更深层次应用。随着全球化的推进，不同文化之间的交流将变得更加频繁和密切，文学作为一种丰富而深刻的文化表达形式，将继续为人们提供更多机会，去了解和理解不同文化，促进文明的交融与共存。在这个过程中，对于文学的批判性阅读、跨文化比较研究的深入，将促使文学成为文化传播媒介更加有效的手段。文学作为一种跨越时空的语言,将继续为人们打开通往不同文化世界的大门,为跨文化研究的发展贡献力量。

第三节 文学与社会的关系

一、文学作为社会反映的媒介

文学一直以来都被认为是社会的一面镜子,能够深刻地反映和批判社会的方方面面。通过文学作品,人们得以窥见不同时代、不同社会的风貌、价值观念及社会问题。本节将深入探讨文学作为社会反映的媒介,分析文学是如何通过对人类生活、社会制度和文化风貌的描绘,传递对社会现象的独特见解和深刻反思的。

(一)文学作品对社会现象的描绘

1. 生活的真实再现

文学作为一种艺术形式,通过对生活的真实再现,为读者展示了丰富而多样的社会画卷。小说、散文、诗歌等文学形式,通过对人物、场景、事件的描述,刻画出了生动的社会图景。作家通过对社会细节的把握,使读者感受到生活的真实性,进而对社会现象产生共鸣。

2. 社会制度与权力关系

文学作品常常通过对社会制度和权力关系的揭示,呈现出社会的阶层分化、政治权谋等方面的现象。小说如乔治·奥威尔的《1984》、弗朗茨·卡夫卡的《变形》等,通过对权力机构的描绘,反映了社会体制的弊病,引发人们对社会体制的深刻思考。

3. 文学与社会变革

一些文学作品以社会变革为题材,通过对社会动荡时期的描写,展现社会的变革过程以及人们对于变革的期望和恐惧。例如,查尔斯·狄更斯的《雾都孤儿》

揭示了19世纪英国工业革命时期社会的黑暗面，呼吁社会对弱势群体的关注和改革。

（二）文学作品对社会问题的深刻反思

1. 社会不公与人权问题

文学作品常常通过对社会不公、人权问题的描绘，引发读者对社会现象的关注和反思。《基督山伯爵》通过主人公爱德蒙·唐泰斯个人命运的变迁，反映了法国社会的腐败与不公。这种反思有助于引发社会对于正义与平等的讨论。

2. 科技与社会

随着科技的迅猛发展，文学作品也对科技与社会互动进行深刻思考。雷·布拉德伯里的《华氏451度》通过对极权主义和科技进步的描绘，提出对于自由思想和文化的思考。科技对社会结构和个体生活的深远影响，常常成为文学作品的重要主题。

3. 环境与可持续发展

文学作品也对环境问题和可持续发展提出了关切。例如，蕾切尔·卡森的《寂静的春天》通过对农药使用的后果的揭示，呼吁人们关注环境保护。文学通过对自然与人类关系的思考，推动了社会对可持续发展的关注。

（三）文学作品对社会情感的触动

1. 对人性的审视

文学作品通过对人性的深刻揭示，反映了社会中的善恶、真善美等。例如，威廉·莎士比亚的悲剧作品《奥赛罗》通过对嫉妒和背叛的描写，触动人们对人性黑暗面的认知。

2. 对爱与人际关系的思考

文学作品常常通过对爱情、友情、亲情的描绘，反映社会中的人际关系及其变化。《傲慢与偏见》中的伊丽莎白·班内特与达西先生之间的爱情故事，反映了封建社会中的阶级观念对于人际关系的影响。

3. 对于人生意义的追问

文学作品对人生的深刻思考，引导读者对于人生意义、存在意义进行思考。

例如，阿尔贝·加缪的《局外人》通过主人公默尔索的冷漠态度，引发人们对于人生存在的追问。

（四）文学作品对社会价值观的影响

1. 文学作品对道德观念的挑战

文学作品常常通过对道德困境的探讨，挑战社会中的传统道德观念。例如，莫泊桑的《羊脂球》通过对贪婪和欲望的描绘，引发对人性道德的深刻思考，反映社会中的道德挑战。

2. 文学作品对文化认同的构建

文学作品通过对文化、传统的描绘，参与社会文化认同的构建。一些地域文学作品，如加西亚·马尔克斯的《百年孤独》，通过对拉丁美洲文化的丰富描绘，加深了人们对于该文化的认同感。

3. 文学作品对人权与社会正义的呼唤

一些文学作品通过对社会不公、人权侵犯的描绘，呼唤社会对于正义与公平的关注。如《摆渡人》等一系列关注社会边缘群体的文学作品，通过艺术的手法，唤起了社会对于人权与社会正义的责任感。

（五）文学作品的社会影响

1. 文学作品的教育作用

文学作品通过对人性、道德、文化等方面的深刻探讨，具有道德教育、情感教育的作用。读者在阅读文学作品中，不仅能够汲取知识，还能够形成积极向上的人生态度。

2. 文学作品的社会启发

一些文学作品通过对社会问题的深刻思考，具有引导社会变革和进步的作用。例如，哈里特·比彻·斯托的《汤姆叔叔的小屋》通过对奴隶制度的揭示，成为推动19世纪50年代美国废奴主义运动兴起的重要力量。

3. 文学作品的社会引导

文学作品往往通过对人物命运、社会制度的呈现，对社会进行引导和警示。

经典小说《1984》中通过对极权主义社会的描绘，成为对社会进行警示的经典之作。

（六）文学作品的局限与争议

1. 文学作品的主观性

文学作品是作家主观想象的产物，因此其对社会现象的反映具有主观性。一些文学作品可能夸大或变形了真实的社会面貌，引发对其真实性的争议。

2. 文学作品的局限性

文学作品往往只能呈现某一特定的视角和主题，无法全面涵盖社会的方方面面。这种局限性使得文学无法代表整个社会，容易导致对社会的片面理解。

3. 文学作品的审美追求与社会责任之间的平衡

一些文学作品在追求审美表达的同时，可能忽视了对社会问题的关切和反思。这使得一些文学作品更注重个体审美享受，而较少关注社会问题，引发了文学的社会责任与审美追求之间的平衡问题。

文学作为社会反映的媒介，通过对人类生活、社会制度和文化风貌的描绘，传递对社会现象的独特见解和深刻反思。文学作品对社会问题的深刻反思、对社会情感的触动，以及对社会价值观的影响，使其在社会中发挥着独特而重要的作用。然而，文学作品也面临一系列的挑战与争议，如主观性、局限性以及审美追求与社会责任之间的平衡问题。在未来，文学需要不断探索更全面、更深刻地反映社会的方式，以更好地履行其社会反映的媒介角色。

二、文学对社会变革的作用

文学一直以来都是反映人类思想、文化和推动社会变革的重要媒介之一。通过对社会现象、价值观和制度的深刻反思，文学作品不仅记录了历史的发展，还在很大程度上影响和推动社会的变革。这里笔者将深入探讨文学在社会变革中的作用，分析文学是如何通过对社会问题的揭示、对理念的挑战，以及对情感共鸣的引发，参与并推动社会变革的进程。

（一）文学作为社会问题的揭示者

1. 揭露社会不公

文学作品经常通过对社会中存在的不公正、不平等现象的揭示，引发人们对这些问题的关注。例如，查尔斯·狄更斯的《雾都孤儿》揭示了19世纪英国工业革命时期的社会阶层分化和对穷人的剥削，推动社会对于社会福利制度的思考和改革。

2. 挑战权力结构

一些文学作品通过对权力结构的揭示，挑战社会中存在的不公正的权力关系。乔治·奥威尔的《1984》通过对极权主义社会的描绘，深刻反思了权力对个体的控制和社会的异化，引发人们对于权力滥用的思考。

3. 质疑文化传统

文学作品还通过对文化传统的质疑，促使社会对于旧有观念的重新审视。例如，女权主义文学作品《嘉莉妹妹》对父权制度和女性角色的刻板印象提出挑战，推动了对性别平等的讨论和变革。

（二）文学作为理念的挑战者

1. 冲击社会观念

文学作品常常通过对社会观念的挑战，推动社会对于核心价值观念的重新思考。例如，《福尔摩斯探案集》中的福尔摩斯形象挑战了当时英国社会对于犯罪解决和法律体系的传统观念，促进了刑事侦查的现代化。

2. 反思道德观念

文学作品通过对人物的道德选择和内在挣扎的描绘，引导读者对社会道德观念的反思。例如，陀思妥耶夫斯基的《罪与罚》通过主人公拉斯柯尔尼科夫对于犯罪与赎罪的思考，触发了对人类道德行为的深刻反思。

3. 促进对意识形态的思考

文学作品也通过对社会意识形态的质疑，推动社会对于意识形态的多元化和包容性的思考。乌托邦小说《美丽新世界》对于极端幸福主义社会的描绘，引发了对于意识形态极端主义的深刻拷问。

（三）文学作为情感共鸣的引发者

1. 引发人性的共鸣

文学作品通过对人性的深刻揭示，引发读者对人类共同经验的共鸣。例如，莎士比亚的悲剧作品如《哈姆雷特》通过对人性的矛盾和困境的描绘，引起读者对自身存在和行为动机的深刻思考。

2. 唤起情感

文学作品通过对情感的细腻描绘，引发读者对于社会问题的深切关切。例如，《小王子》通过对友谊、孤独、人际关系的描绘，触发了读者对于人类情感共通性的共鸣，从而推动人们对于社会关系的关注。

3. 促进道德观念改变

一些文学作品通过对正义、勇气、责任等道德价值的强调，激发读者对于社会改变的积极行动。例如，《去年在马里昂巴德》通过对公正与正义的追求，引发了读者对于社会不公的愤怒，唤起行动的决心。

（四）文学作为社会建设的参与者

1. 文学与社会观念的构建

文学作品通过对社会观念的创新，为社会建设提供新的思路。例如，《未来简史》通过对人类未来发展的多元化设想，促使社会对于未来的发展方向进行深刻思考。

2. 文学与社会精神的建设

文学作品通过对社会精神的塑造，为社会的道德建设和文化传承做出贡献。例如，《红楼梦》通过对封建社会伦理观念的揭示和批判，为社会精神的更新和进步提供了思想资源。

3. 文学与社会变革的启示

文学作品通过对历史变革和社会变迁的深刻反思，为社会变革提供了宝贵的经验和启示。例如，托马斯·曼的《魔山》通过对欧洲社会变革的多层次描绘，使读者更深刻地理解历史变革的复杂性和深刻影响。

（五）文学在具体社会变革中的角色

1. 文学与民权运动

在 20 世纪美国的民权运动中，文学作品发挥了积极的作用。《汤姆叔叔的小屋》描绘了奴隶制度的残酷，成为奴隶制度废除运动的先声。同样，马丁·路德·金的演讲和文章也借助文学手法，引发了广泛的社会关注和共鸣。

2. 文学与女权运动

女权运动中，一系列文学作品对于性别平等的呼声起到了推动作用。《嘉莉妹妹》等作品描绘了女性在传统社会中的压迫，激发了女性争取平等权利的激情。女性作家如弗吉尼亚·伍尔芙和玛格丽特·阿特伍德也通过文学表达了对性别角色的反思和重新定义。

3. 文学与社会主义运动

在社会主义运动中，一些文学作品通过对阶级斗争、社会不平等的揭示，为社会主义理念的传播和推动作出了贡献。《资本论》作为一部经济哲学著作，对资本主义制度进行深刻批判，激发了对社会公正和平等的向往。

（六）文学在当代社会变革中的挑战与机遇

1. 全球化与多元文化的挑战

随着全球化的不断深化，文学面临着来自不同文化、不同价值观的挑战。同时，这也为文学提供了更多元、更广泛的视角，使其更好地参与全球性的社会变革。

2. 新媒体与传播方式的变革

新媒体的兴起改变了信息传播的方式，使得文学作品更容易传播到全球范围。这为文学在社会变革中的传播提供了更为广泛和迅速的传播途径，但也带来了信息过载和质量评估的问题。

3. 技术发展与文学创作的融合

随着技术的不断发展，文学创作与科技的融合成为一种新趋势。虚拟现实、人工智能等技术的运用，使文学作品更具互动性和体验感，为文学在社会变革中发挥更大作用提供了新的可能性。

文学作为社会变革的重要参与者，通过对社会问题的揭示、对理念的挑战，以及对情感共鸣的引发，为社会的变革和进步提供了有力的支持。在当代社会，文学面临着新的挑战与机遇，需要不断创新、适应社会变革的步伐。文学的力量在于它能够深刻触动人们的心灵，唤起对于社会现象的关切和对未来的期望，从而激发积极的社会变革。

三、跨文化研究中的文学与社会关系

跨文化研究涉及对不同文化之间相互影响和相互关系的深入研究。文学作为一种表达文化的重要媒介，在跨文化研究中发挥着重要作用。这里笔者将探讨文学如何在跨文化研究中影响和反映社会，以及文学作为跨文化研究的工具如何促进不同文化之间的相互理解。

（一）文学作为文化的反映

1. 文学与文化认同

文学是一种表达文化认同的方式。通过文学作品，人们可以深入了解不同文化的价值观、信仰和传统。文学作为一种表达文化认同的媒介，通过对人物、故事情节和语言的塑造，展示了不同文化的独特性。

2. 文学作品对社会结构的揭示

文学作品常常通过对社会结构的揭示，反映不同文化中的权力关系、社会阶层和政治体制。文学作品常常通过对社会结构的深刻揭示，成为一面映照现实的镜子，反映出不同文化背景下复杂多变的权力关系、社会阶层划分及政治体制的运作机制。它们不仅描绘了统治阶层与被统治阶层之间的微妙平衡，还揭示了权力斗争背后的残酷现实。同时，文学作品也关注社会底层人民的生存状态，通过他们的故事，让读者感受到社会的不公与压迫。这些作品以其独特的艺术手法，引导读者深入思考社会结构背后的深层次问题，激发人们对美好社会的向往与追求。

3. 文学作为文化传承的载体

文学在跨文化研究中还扮演着文化传承的角色。经典文学作品不仅是某一文化的瑰宝，也是跨文化交流的桥梁。例如，莎士比亚的戏剧作品在全球范围内被广泛翻译和演绎，成为世界文学的共同财富。

（二）文学与文化交流

1. 文学作为跨文化交流的媒介

文学作为一种语言艺术，可以通过翻译和传播跨越语言和文化的障碍。国际畅销小说如《哈利·波特》和《千禧年三部曲》成为全球文化的共同话题，促进了不同文化之间的交流。

2. 文学作为对话的平台

文学作为对话的平台，通过作家的笔触将不同文化的声音汇聚在一起。例如，尼日利亚作家奇玛曼达·恩戈齐·阿迪奇埃的小说《半轮黄日》就通过描绘尼日利亚社会，向世界展示了尼日利亚女性的力量和挣扎。

3. 文学作为文化翻译的工具

文学作为文化翻译的工具，通过作品中的符号、隐喻和象征，传递着不同文化的思想和情感。例如，日本作家村上春树的小说《挪威的森林》以其独特的叙述风格，向世界展示了日本文学的深邃之美。

（三）文学对社会变革的影响

1. 文学作为社会批判的工具

文学作品往往通过对社会问题的深刻反思，成为社会批判的有力工具。它不仅揭示社会的阴暗面，如不公、压迫和剥削，还通过塑造生动的人物形象和情节，让读者在情感上产生共鸣，从而引发对社会问题的关注和思考。文学作品以其独特的艺术手法，将社会问题置于聚光灯下，促使人们反思现状，寻求改变，推动社会的进步与发展。在这个过程中，文学不仅是批判者，更是推动社会变革的重要力量。

2. 文学作为社会改革的催化剂

一些文学作品在揭示社会问题的同时，也成为社会改革的催化剂。美国作家哈里特·比彻·斯托的《汤姆叔叔的小屋》揭示了奴隶制度的残酷，进一步引发人们对废奴运动的关注。

3. 文学作为社会记忆的载体

文学作为社会记忆的载体，通过作品中的历史叙述、个体故事，保存和传承着社会的历史和记忆。例如，加西亚·马尔克斯的小说《百年孤独》通过对拉丁美洲历史的重新构想，引发对社会历史的深刻反思。

（四）文学在全球化时代的挑战

1. 文学面临的文化同质化风险

在全球化的浪潮下，一些文学作品可能面临文化同质化的风险，失去了其独特的文化特色。因此，在全球化时代，如何保持文学作品的本土性成为一个重要的挑战。

2. 文学作品在全球市场的竞争

随着全球市场的扩大，文学作品面临着来自不同文化的竞争。一些畅销的国际作品可能在市场上占据主导地位，而本土作品可能受到冷落。这引发了对文学多样性的担忧，以及对文学市场公平性的呼声。

3. 文学传播的语言障碍

在全球化时代，文学的传播不可避免地面临着语言障碍。即使通过翻译，也难以完全传递原文的文化内涵和语境。这使得一些非英语、非西方文学在国际舞台上难以获得应有的关注。

（五）文学在跨文化研究中的前景

1. 弘扬文学多样性

为了应对文学同质化的挑战，跨文化研究可以致力于弘扬文学多样性。通过推广和翻译世界各地的文学作品，创造一个更加包容和多元的文学环境。

2. 借助新媒体推动文学交流

新媒体技术的发展为文学在全球范围内的传播提供了新的机遇。社交媒体、在线平台等工具可以成为文学作品的快速传播通道，促使跨文化研究更为广泛地触及全球受众。

3. 加强跨学科研究

跨文化研究需要更多跨学科的合作，将文学与社会学、人类学、语言学等学科相结合。通过跨学科的研究方法，可以更全面地理解文学与社会的关系，促进深入的跨文化理解。

文学在跨文化研究中扮演着重要的角色，既是文化的反映，又是文化交流的媒介。在未来，通过加强对文学多样性的保护、借助新媒体推动文学交流及促进跨学科研究，文学可以更好地为不同文化之间的相互理解和合作做出贡献。文学作为人类智慧的结晶，有着不可替代的价值，其在跨文化研究中的作用将继续引领人们深入思考和探索不同文化之间的共通性和差异性。

第四节　文学的全球化视角

一、全球化对文学产生的影响

全球化是近年来全球社会、经济和文化相互联系不断加深的趋势。在这一背景下，文学作为一种反映文化、探讨人类命运的媒介，也经历了深刻的变革。本节将探讨全球化对文学产生的多方面影响，涵盖文学创作、传播、主题和形式等多个层面。

（一）全球化对文学创作的影响

1. 文学跨文化交流的增加

全球化使得不同文化之间的交流更加频繁和便捷。这促使作家更容易接触到来自不同文化的灵感和创作元素，从而在文学作品中呈现更为多元的文化元素。例如，印度裔英国作家萨尔曼·鲁西迪的《午夜之子》融合了印度文化和西方文学传统，创造出独特的文学风格。

2. 语言的全球化与文学创作

全球化背景下，英语作为国际交流的主导语言，成为文学创作中的一种重要媒介。很多作家选择用英语创作，以便更广泛地触及国际读者。这导致了一些文学作品在语言表达上的趋同，同时也提高了这些作品在全球范围内的可见度。

3. 国际化的文学市场

随着全球化的推进，文学市场也变得更加国际化。作品更容易通过跨国出版、在线平台等途径传播到全球。这使得作家能够直接面对来自不同文化的读者，同时也为文学作品在全球市场上的销售提供了更多机会。

（二）全球化对文学传播的影响

1. 新媒体与文学的传播

新媒体技术的发展极大地促进了文学的传播。社交媒体、博客、在线阅读平台等工具使得作品能够在全球范围内迅速传播。同时，这也为作家提供了更多直接与读者互动的机会，打破了传统文学传播的地域和时空限制。

2. 翻译与全球文学的交流

全球化背景下，文学作品的翻译变得尤为重要。通过翻译，作品能够跨越语言壁垒，传达不同文化的观点和情感。一些作品因其在全球范围内的翻译而成为国际文学经典，如法国作家马塞尔·普鲁斯特的《追忆似水年华》。

3. 文学节和国际奖项的崛起

全球化使得国际性的文学节和奖项变得更为盛行。例如，法兰克福国际书展、爱丁堡国际图书节等成为作家和读者跨越国界进行交流的平台。国际文学奖项如诺贝尔文学奖、布克奖也更加吸引全球关注，推动了文学作品的国际传播。

（三）全球化对文学主题的影响

1. 文学中的全球性议题

全球化使得一些全球性的社会议题成为文学作品的重要主题。气候变化、移民、文化冲突等问题开始在文学中得到更为深刻的探讨。

2. 文学中的身份认同问题

全球化促使人们更加关注自身的身份认同。文学作为表达个体经历和情感的载体，更加强调了个体在全球化时代中的身份认同和个体挣扎。作为表达个体经历与情感的载体，文学作品更加强调了全球化时代中个体身份认同的挣扎与探索。在文学的世界里，作者们通过细腻描绘人物的内心世界，展现了全球化背景下个体在不同文化、价值观之间的冲突与融合，以及由此带来的身份认同困惑与追寻。这些作品不仅让读者看到了个体在全球化时代的真实生存状态，更激发了人们对自我身份认同的深刻思考。

3.多元文化的文学表达

全球化推动了多元文化的交流与碰撞，并反映在文学作品中。作家开始更加关注多元文化的交融和共生。在他们的笔下，不同文化背景下的故事、人物和情感交织在一起，共同构成了一幅幅丰富多彩的文化画卷。这些作品不仅展现了全球化时代文化的多样性和复杂性，更传递了人类共同的情感和价值追求，促进了不同文化之间的理解和尊重。通过文学这一桥梁，多元文化得以在更广阔的舞台上绽放光彩。

（四）全球化对文学形式的影响

1.实验性文学的兴起

在全球化的语境下，一些实验性的文学形式开始受到重视。作家尝试新的叙述方式、结构和语言，以更好地表达跨文化的复杂性。卡尔维诺的《看不见的城市》通过对城市的幻想性描述，展示了一种全球性的文学实验精神。

2.跨文化文学的崛起

全球化催生了跨文化文学的兴起，作家更加关注不同文化之间的对话。跨文化文学作品常常融合多种文化元素，挑战传统文学的边界。

3.跨艺术的融合

全球化时代,文学作为一种艺术形式与其他艺术形式的融合更加频繁。小说、诗歌、戏剧等文学形式与电影、音乐、绘画等艺术形式相互交融，创造出更为丰富和多样的艺术体验。

（五）文学对全球化的回应

1. 文学的反思与批判

一些作家通过文学作品对全球化现象进行深刻的反思和批判。他们关注全球化带来的社会不平等、文化同质化等问题，以文学的力量表达对全球化的担忧和质疑。

2. 文学作为文化传承的角色

在全球化的冲击下，一些作家将文学视为传承和保存文化的手段。通过描绘本土的传统、历史和价值观，他们试图在全球化的浪潮中保护和弘扬自己文化的独特性。

3. 文学作为构建共同价值观的桥梁

一些作家致力于通过文学作品构建共同的人类价值观。通过描绘人类共同面对的问题、共同的情感和经历，他们试图在全球化时代建立起更为广泛的共鸣和理解。

全球化对文学产生了多层次的影响，既推动了文学的创新和发展，也带来了一系列新的挑战。文学在全球化时代既是被塑造的对象，又是塑造者和反思者。作为跨文化交流的桥梁，文学在促进不同文化之间的对话和理解方面发挥着重要作用。在未来，文学将继续成为人们思考全球化、探讨文化认同和构建共同价值的重要工具。通过作家的笔触，我们可以更深刻地理解全球化给人类社会带来的复杂性和深远影响。

二、文学全球化的机遇与挑战

文学全球化是全球化浪潮下文学领域发展的必然趋势。随着信息技术和文化交流的不断深化，文学作为表达文化、思想和情感的载体，面临着全新的机遇和挑战。这里笔者将探讨文学全球化的机遇，包括文学创作的国际化、文学市场的扩大、文学交流的增加等，同时也会分析文学全球化带来的挑战，如文化同质化、语言失衡、文学价值的多元性等问题。

（一）文学全球化的机遇

1. 文学创作的国际化

（1）跨文化的创作灵感

文学全球化为作家提供了更广泛、更深刻的创作灵感。通过接触不同文化、吸收多元经验，作家能够创作出更具有国际视野和更具深度的作品。这种跨文化的交流与碰撞，不仅拓宽了他们的视野，更为他们的创作注入了新的活力。作家们通过吸收多元的文化经验，将不同地域、不同民族的故事与情感融入作品之中，使得这些作品具有了更加广阔的国际视野和深邃的文化内涵。这样的作品不仅能够触动人心，更能引发读者对于全球化时代文化交融与理解的深入思考。

（2）文学语境的拓展

作家在全球化时代可以更容易地进入不同的文学语境。他们能够参与国际文学节、与来自世界各地的作家交流，这有助于拓展他们的文学视野，使作品更具开放性和包容性。

2. 文学市场的扩大

（1）国际读者的增加

文学全球化拓展了作品的受众范围。作家不再仅仅面对本国读者，而是能够触及更多国家和地区的读者。这不仅为作品的传播提供了更大的空间，也促使作家更加关注全球性的主题和问题。

（2）网络平台的崛起

互联网的发展使得文学在全球范围内更加便捷地传播。在线阅读平台、社交媒体等数字化手段成为作品传播的新渠道，为作家提供了更多直接与读者互动的机会，同时也加速了全球文学市场的形成。

3. 文学交流的增加

（1）跨文化的文学对话

文学全球化推动了不同文化之间的深度对话。作家可以更容易地借助翻译将自己的作品引入其他国家，实现文学的真正跨文化交流。这种交流不仅丰富了文学创作，也促进了文学领域的全球性共同体的形成。

（2）国际性的文学活动

全球化背景下，国际性的文学活动如文学节、研讨会等变得更加频繁。作家有机会在这些平台上展示自己的作品，与来自不同国家的作家互动，促进文学领域的国际交流。

（二）文学全球化的挑战

1. 文化同质化的威胁

（1）文学语言的同质化

在文学全球化的过程中，一些文学作品可能受到语言同质化的威胁。英语等国际性语言在全球范围内占主导地位，因此一些非英语的文学可能在国际市场上难以获得充分关注。

（2）文学题材的同质化

为了迎合国际市场，一些作家可能会选择创作更加符合国际主流审美的题材，导致文学作品在题材上呈现同质化趋势，这可能使一些独特的文学传统和题材受到冷落。

2. 语言失衡与文学不平等

（1）语言壁垒的存在

全球化使得一些国际性语言在文学传播中更具优势，而一些非主流语言面临被边缘化的风险。这导致了一个全球范围内的语言失衡现象，一些优秀的非英语文学作品可能因为语言壁垒而无法被广泛传播。

（2）文学资源的不均衡

一些国家和地区的文学市场相对较小，缺乏足够的资源支持作家和文学创作。这使得一些优秀的作品可能因为来自小语种或小市场而难以脱颖而出，进而造成文学资源不均衡等问题。

3. 文学价值的多元性与评判标准

（1）文学评价的文化偏见

由于文学评价标准存在文化差异，一些文学作品可能因为不符合主流文学审美标准而被边缘化。这引发了对于文学评价标准的多元性和公正性的关切。

（2）全球化与本土性的冲突

一些作家在全球化的时代可能会面临本土性和全球化的平衡问题。一方面，他们需要关注国际市场，另一方面，他们也要保持自己文学作品的本土特色。这种平衡问题可能给创作带来阻碍，但也不失为一种挑战。

（三）应对文学全球化的策略

1. 促进文学多元性

（1）支持小语种文学

社会和文学机构可以通过资助、翻译等方式支持小语种文学的创作和传播。这有助于打破语言壁垒，使更多的优秀文学作品得以在全球范围内传播。

（2）弘扬本土文化

作家在创作过程中要注重弘扬本土文化，通过深入挖掘本土故事、传统和历史，为作品注入独特的文化元素，从而使作品在全球化的过程中能够凸显文化的多元性。

2. 加强国际合作与交流

（1）文学节与研讨会的推动

国际性的文学节、研讨会等活动可以促进作家之间的交流与合作。这有助于作家更好地了解其他文化，提升创作的国际化水平。

（2）跨学科研究的促进

跨学科研究可以加深对文学与其他领域关系的理解，使文学更好地适应全球化时代的需求。例如，结合文学与社会学、人类学等学科，深入探讨文学作品与社会、文化的关系。

3. 借助数字化手段推动文学发展

（1）在线平台的利用

借助在线阅读平台、数字图书馆等工具，作品能够更便捷地传播到全球各地。这不仅有助于拓展读者群体，也为文学作品提供了更加多样的传播途径。

（2）社交媒体与文学互动

作家可以通过社交媒体等渠道直接与读者互动。这种直接的交流方式不仅有助于建立作者与读者之间的紧密联系，还能够及时获取读者的反馈，促进文学创作的不断推进。

4.建立全球性的文学评价体系

（1）多元文学评价标准

建立更加多元化、包容性的文学评价标准，考虑到不同文化的审美差异。这有助于避免对于文学价值的单一化定位，给予更多文学作品展示的机会。

（2）跨文化文学奖项

设立更多关注跨文化作品的文学奖项，鼓励和推动那些在全球化时代中做出突出贡献的作家。这不仅是对其努力的认可，也能够吸引更多作家关注全球性的文学创作。

文学全球化既带来了机遇，也带来了挑战。在全球化的大背景下，文学作为文化的表达形式，承载着丰富的历史、思想和情感。为了更好地应对文学全球化的挑战，需要建立全球性的合作机制，加强文学的多元性，注重文学的本土性，并努力解决语言失衡和文学评价的单一化问题。通过这些努力，可以促使文学更好地适应全球化的需求，使各个国家和地区的文学都能够在全球范围内蓬勃发展。

未来，随着信息技术的进一步发展，文学全球化将进入一个更为广阔的阶段。新的数字化手段、社交媒体平台等将继续推动文学的全球传播。同时，文学创作者需要在全球化时代更加注重文学的独特性和深度，以更好地回应全球读者的期待。通过共同的努力，文学全球化有望促进不同文化之间的对话与理解，为人类共同的文学遗产贡献更多珍贵的作品。

三、全球化背景下的文学多元性

全球化是当今世界的主要特征之一，其涉及经济、文化、社会等多个领域。在文学领域，全球化既带来了机遇，也带来了挑战。文学多元性成为全球化时代的重要议题之一。这里笔者将探讨全球化背景下文学多元性的定义、机遇和挑战,并深入研究多元性对文学创作、传播和接受的影响。

(一)文学多元性的定义与背景

1. 文学多元性的定义

文学多元性是指在文学领域中存在着多种多样的文学形式、文学风格、文学主题和文学观点。这一概念强调了文学的丰富性和多样性,涵盖了不同文化、不同历史背景、不同社会体系的文学表达。文学多元性关注的不仅是文学作品本身,还包括作品的创作背景、作者的身份、读者的反应等多个层面。

2. 全球化对文学多元性的影响

(1)跨文化交流的增加

全球化使得不同文化之间的交流更加频繁,文学作品得以在全球范围内传播。这促进了不同文学传统之间的互动和融合,使文学多元性得以进一步丰富。

(2)多语言的并存

在全球化时代,多种语言的文学作品能够更容易地被翻译并传播。多语言并存使得读者能够接触到来自不同国家和地区的文学作品,为文学多元性提供了语言上的支持。

(3)文学市场的国际化

随着全球化的推进,文学市场变得更加国际化。作品不再局限于本国市场,而是能够进入更广泛的国际读者的视野。这使得不同文学传统的作品都有机会受到国际关注,促进了文学多元性的发展。

(二)文学多元性的机遇

1. 文学创作的丰富性

(1)不同文学传统的交流

全球化促进了不同文学传统之间的交流,作家能够汲取不同文化的灵感,创作出融合多种文学元素的作品。这种交流使得文学创作变得更为丰富多彩。

（2）多元主题的探讨

在全球化时代，文学作品更加关注全球性的主题，如环境问题、移民经验、文化冲突等。这些主题涉及不同国家和地区，为作家提供了更广阔的创作空间，促进了文学作品主题的多元性。

2.文学传播的全球性

（1）作品的跨国传播

全球化使得作品能够通过多种途径跨越国界传播，包括翻译、在线平台、国际文学节等。这为不同文学传统的作品提供了更多的曝光机会，促进了文学的传播。

（2）国际性文学市场的形成

国际性的文学市场正在逐渐形成，作品能够更容易地进入全球市场。这为作家提供了更多的发展机会，也为读者提供了更多选择，推动了文学市场的多元性。

3.文学接受的多元性

（1）读者的多元背景

全球化使得读者具有更为多元的文化背景和经验。这使得同一作品能够被不同文化背景的读者理解和接受，促进了文学作品的多元性。

（2）跨文化的阅读体验

读者能够通过阅读来自不同文化的作品，拓展自己的视野，体验不同文学传统的独特之处。这种跨文化的阅读体验有助于培养读者的文学素养，提高其对多元文学的欣赏能力。

第三章 文学的语言与翻译

第一节 跨文化研究中的多语言挑战

一、多语言环境对文学研究的影响

文学研究作为一门综合性的学科,受到多语言环境的影响,其影响深远而复杂。在这样的环境中,文学作品以不同语言呈现,研究者面临语言的差异、文化的多样性及翻译的挑战。本节将探讨多语言环境对文学研究的影响,从语言差异、跨文化传播、翻译问题、文学理论的多样性等方面展开讨论。

(一)语言差异与多语言研究

多语言创作:在多语言环境中,作家可能会选择用多种语言创作。这样的创作方式使得文学作品能够更直接地表达多元文化的特点,同时也使作品可以在全球范围内产生共鸣。例如,在加勒比地区,作家可能会使用英语、法语和西班牙语等多种语言进行文学创作,反映出该地区的语言多样性。

语言的表达力:不同语言具有不同的表达方式和语法结构,因此相同的文学主题在不同语言中可能呈现出截然不同的面貌。这为文学研究者提供了丰富的研究素材,使其能够深入挖掘文学作品的内涵。

语言翻译的挑战:多语言环境中,研究者常常需要依赖翻译来理解和分析不同语言中的文学作品。然而,翻译往往无法完全还原原文的语境和文化内涵,这就使得文学研究面临一定的挑战。

(二)跨文化传播与全球化文学

文学的全球传播:多语言环境促进了文学作品在全球范围内的传播。作品可以通过翻译和多语言出版来达到更广泛的读者群体。这样的全球化传播使得文学作品能够超越语言和文化的限制，产生更广泛的影响。

文学的跨文化交流：多语言环境中，作家、评论家和读者来自不同的语言社群，这促进了不同文化之间的交流和对话，文学作品成为文化交流的桥梁。作品在这个过程中可能会受到其他文学传统的影响，形成新的文学风格和流派。

文学的身份认同：多语言环境中的文学作品往往涉及多重身份认同。作家可能同时拥有多种语言和文化背景，作品则反映了这种多元身份。这为研究者提供了研究文学作品中身份认同的丰富素材。

（三）翻译问题与文学研究

翻译的选择和影响：在多语言环境中，文学作品的翻译选择对于研究结果产生深远的影响。不同的翻译版本可能呈现出截然不同的文学风格和内涵，这使研究者的分析面临复杂的状况。

文学翻译的挑战：跨越语言的翻译不仅仅是语言的转换，更涉及文化的转换。文学作品中蕴含的文化符号、历史背景等元素在翻译过程中可能丧失或变形，这为文学研究带来了翻译的挑战。

多语言比较研究：一些研究者选择进行多语言比较研究，以探讨不同语言版本之间的异同。这种研究方式对于理解文学作品的多样性和复杂性非常有益。

（四）文学理论的多样性

语言哲学的影响：不同语言背后往往有不同的语言哲学，这直接影响到文学作品的创作和解读。研究者需要关注文学作品中体现的语言哲学，以更好地理解其内涵。

文学理论的多元性：不同语言社群中存在着不同的文学理论传统，反映了不同文化对于文学的理解。多语言环境中，研究者需要考虑到这种多元性，以避免将单一文学理论过于简化地应用在多语言文学研究中。

（五）文学教育与多语言环境

多语言文学教育：在多语言环境中，文学教育的设计和实施需要考虑到多语言学习者的需求。这包括提供包含多语言文学作品的教材、开设多语言文学课程等。通过多语言文学教育，学习者可以更全面地理解和欣赏不同语言背后的文学传统，促进文学知识的跨文化传播。

文学研究方法的多元化：多语言环境中，文学研究的方法也应当具有多元性。除了传统的文学批评方法，还可以采用比较文学、跨文化研究等方法，以便更全面、更深入地探讨多语言文学的独特性和共通性。

（六）文学创新与多语言互动

语言创新：多语言环境为作家提供了更多的语言元素和文学风格的选择。在这样的环境中，作家可能创造新的词汇、语法结构，推动语言的创新。这为文学研究者提供了一个独特的研究对象，以探讨语言创新对文学表达的影响。

多语言互动：在多语言社群中，文学作品往往通过多语言进行互动。作品可能在一种语言中创作，然后被翻译成其他语言，最终形成多语言的交流网络。这种多语言互动使文学作品能够在全球范围内产生更广泛的影响，同时也促进了文学的多元化发展。

（七）挑战与未来展望

翻译的质量：多语言环境中，翻译的质量直接影响到文学研究的深度和准确性。翻译者需要克服语言、文化和文学理论的障碍，确保翻译能够准确传达原作的精髓。

文化差异的处理：多语言环境中涉及多样的文化传统，研究者需要更加谨慎地处理不同文化之间的差异。这包括文学作品中的价值观、风俗习惯等方面的差异，需要在研究中给予足够的关注。

数字化技术的应用：随着数字化技术的不断发展，多语言文学研究可以借助在线平台、语言处理工具等技术手段进行更深入的研究。数字化技术为文学研究提供了更多的工具和资源，同时也带来了新的挑战，如信息过载和技术依赖性。

跨学科合作：为更全面地理解多语言环境中的文学现象，跨学科合作显得尤为重要。文学研究者可以与语言学、翻译学、社会学等专业领域的研究者合作，共同探讨多语言文学研究中的问题。

多语言环境使得文学研究更为复杂。语言差异、跨文化传播、翻译问题、文学理论的多样性等方面的因素相互交织，构成了多语言文学研究的独特面貌。在这个环境中，文学作品不仅仅是语言的表达，更是全世界共同的遗产。研究者所面临的挑战是如何在这种多元的语境中更好地理解和解释文学的复杂性，为文学研究的未来展开更为广泛而深刻的探讨。

二、文学作品的多语言呈现

文学作品的多语言呈现是指作家在其创作中使用了多种语言元素，或者是文学作品通过翻译等手段被呈现在多种语言中。这种现象不仅反映了作者对多元语言环境的反应，也为读者提供了更为丰富的语言体验和文化感知。这里笔者将探讨文学作品的多语言呈现，包括其表现形式、文学效果以及对文学研究的影响。

（一）多语言创作的表现形式

混用语言元素：作家在创作中可能会故意混用多种语言元素，包括词汇、短语甚至是整个句子。这种混用可以呈现出多元文化的特点，同时也增添了文学作品的趣味性。例如，作家可以在英文小说中穿插使用一些汉语或法语的词汇，以凸显故事中的跨文化场景。

描绘多语环境：有些文学作品的情节背景本身处于多语言环境中，作家选择通过描绘多语言环境的方式，呈现出现实生活中的复杂性。这包括在文学作品中模拟多语对话、反映多语言社群的生活状态等。这样的描写使作品更加真实、贴近生活。

使用方言和口头语：作家可能选择在文学作品中使用方言或口头语，这是一种体现语言真实性和地域性的手法。通过使用地方性的语言元素，作品能够更好地呈现出特定文化和社群的生活面貌。例如，美国南方的作品中可能会出现南部方言。

（二）文学效果与多语言呈现

丰富语言层次：多语言呈现能够为文学作品增添语言层次。作家通过巧妙运用多语言元素，使得作品在语言表达上更加灵活多样。读者在阅读时能够感受到不同语言带来的音韵、韵律及文化的独特魅力。

凸显文化特色：多语言呈现是作家表达文化特色的有效手段。语言是文化的载体，通过在作品中运用多种语言，作家能够更生动地表现出不同文化之间的差异和交融。这种文化特色的凸显有助于作品引发读者的文化认同感。

强化人物个性：在文学作品中，人物的语言使用往往能够反映其个性、背景和情感状态。通过为不同人物赋予特定的语言特点，作家能够更生动地刻画人物形象，使读者更好地理解和共情。

（三）多语言呈现与文学研究的关系

拓展文学研究范围：多语言呈现使得文学作品的研究范围更加广泛。研究者可以关注不同语言文学作品之间的联系与差异，深入挖掘多语言环境下的文学创作特点。这也为比较文学研究提供了更为丰富的素材。

翻译与解读的挑战：多语言呈现给翻译者和解读者带来了一定的挑战。在进行翻译时，翻译者需要在不同语言之间找到平衡点，既保留原作的多语言特色，又确保翻译后的作品语义表达连贯且通俗易懂。解读者则需要具备对不同语言元素的理解，以更好地领会作品的内涵。

文学理论的丰富性：多语言呈现推动了文学理论的发展。在传统的文学理论框架之外，研究者需要考虑多语言文学作品中独特的表现形式和文学效果。这种文学理论的丰富性有助于更好地解读和评价多语言作品。

三、解读多语言文学作品的方法与技巧

解读多语言文学作品是一项复杂而富有挑战性的任务。多语言文学作品中,语言的多样性和文化的交融使得解读更加丰富而深刻。这里笔者将探讨解读多语言文学作品的方法与技巧,包括语言层面的解读、跨文化理解、翻译的考虑及阅读策略等方面。

(一)语言层面的解读

语言元素的分析:在解读多语言文学作品时,首先需要对作品中的语言元素进行仔细的分析。这包括各种语言的词汇、短语、句式结构等。要注意作家在作品中的语言选择,特别是不同语言元素之间的转换和交融。

作者的语言背景:了解作者的语言背景对于解读多语言文学作品至关重要。作家可能掌握多种语言或有多语言文化背景,这会直接影响到作品中语言元素的使用和表达。深入了解作者的语言背景有助于更好地理解作品。

语境的重要性:多语言文学作品中,语境对于正确理解语言的含义至关重要。一些词汇或短语可能在特定的文化语境中才能够被准确理解。因此,在解读时要注意考虑语境对语言的影响。

(二)跨文化理解

文化元素的把握:多语言文学作品往往涉及多种文化元素,包括习惯、传统、信仰等。解读时需要对这些文化元素有一定的了解,以确保对作品的理解不仅局限于语言层面,还包括文化层面。

考虑文化冲突与交融:在多语言文学作品中,不同语言和文化可能会发生冲突,也可能会融合产生新的文化现象。解读时要敏锐地捕捉这些文化冲突与交融,深入挖掘它们对于作品主题和情感的影响。

(三)翻译的考虑

审慎选择翻译版本:多语言文学作品可能会有不同的翻译版本,每个版本

都可能对原作有不同的解读和呈现。解读前应仔细选择合适的翻译版本，了解翻译者的背景和翻译方法，以确保解读的准确性。

比较多语版本：对于一些被翻译成多种语言的作品，比较不同语言版本是一种有益的解读方法。通过比较可以更清晰地看到翻译对于语言选择、表达方式和文化呈现的影响。

关注翻译的挑战：翻译多语言文学作品时可能面临语言难度、文化差异等挑战。解读时要注意到这些挑战，理解翻译者在呈现多语言作品时所面临的困境，以更好地理解作品。

（四）阅读策略

语言交替的把握：许多多语言文学作品中，语言元素可能会交替出现。阅读时要善于把握语言的交替，理解为何作者选择在某个语境中切换语言，这对于作品整体的情感和表达有深远影响。

注重语言变化的时机：多语言文学作品中，语言的变化通常不是随机的，而是在特定的时机和情境下发生的。注意作者在何时选择切换语言，可以更好地理解作品的情节发展和人物心理。

多感官阅读：采用多感官的阅读方式有助于更全面地理解多语言文学作品。尝试用声音去感受不同语言的韵律，用视觉去感知语言元素的呈现方式，以获得更为深入的阅读体验。

（五）实例分析与解读

在解读多语言文学作品时，通过实例分析可以更具体地了解上述方法和技巧的应用。以荷马的《奥德赛》为例，这是一部古希腊史诗，其中包含了古希腊的多种方言和语言元素。

语言元素的分析：通过分析《奥德赛》中的语言元素，我们可以发现作者在作品中灵活运用了多种古希腊方言。例如，在叙述特定地域的场景时，作者可能选择使用该地区独特的方言，以更真实地描绘当地文化和风土人情。

作者的语言背景：荷马是古希腊的史诗诗人，他的语言背景主要涵盖古希腊方言。了解这一点有助于我们更好地理解作品中语言元素的选择和运用。作者在《奥德赛》中巧妙地融合了雅典方言、爱奥尼亚方言等，展现了古希腊语言的多样性。

文化元素的把握：在《奥德赛》中，作者通过语言元素向读者展示了古希腊文化的多样性。例如，他通过角色的对话和叙述，呈现了不同城邦之间的文化差异，以及希腊神话和传统在人们生活中的重要性。

语言交替的把握：荷马在《奥德赛》中巧妙地使用语言的交替。在叙述英雄奥德修斯的冒险时，他在描述不同地域的情节中切换使用不同的古希腊方言。这种语言交替有助于读者更深入地体验古希腊史诗的丰富多彩。

考虑文化冲突与交融：荷马通过《奥德赛》中的语言元素巧妙地揭示了古希腊文化的交融和冲突。不同地域、不同家族之间的语言差异既体现了文化的多样性，又在人物关系的发展和冲突中发挥了关键作用。

多感官阅读：通过朗读古希腊方言的片段，读者可以更好地感受到荷马在作品中的语言节奏和韵律。这种多感官的阅读方式有助于更深刻地理解古希腊史诗的语言之美。

（六）挑战与应对

语言差异的挑战：多语言文学作品涉及不同语言之间的差异，这可能对不熟悉这些语言的读者构成挑战。应对方法包括查阅翻译版本、学习相关语言知识，以增强对语言的理解。

文化解读的挑战：不同文化之间的差异可能导致误解或遗漏作品中的文化元素。阅读者可以通过深入了解作者的文化背景、查阅相关资料、参与讨论等方式，增强对文学作品中文化元素的理解。

翻译误差的处理：如果依赖翻译进行阅读，翻译误差可能影响对作品的准确理解。阅读者可以选择多个翻译版本进行比较，关注翻译者的注释和解释，以减少误解的可能性。

多语言交替的理解：作品中的多语言交替可能需要读者具备一定的语言敏

感性。通过仔细阅读和理解语境，以及注意语言元素的转换，读者可以更好地把握作品中的语言交替。

解读多语言文学作品是一项需要综合语言学、文学理论和文化研究的复杂任务。通过深入分析语言元素、了解作者语言背景、考虑文化差异、审慎选择翻译版本及采用多感官的阅读方式，读者可以更全面、深入地理解和解读多语言文学作品。与此同时，挑战也存在于语言差异、文化解读和翻译误差等方面，需要读者具备较强的语言能力和文化敏感性。通过不断提升自身的语言素养和跨文化理解能力，读者可以更好地欣赏并理解多语言文学作品的独特魅力。

第二节　文学作品的语言转换

一、文学作品跨文化语言转换的过程

文学作品在全球范围内的传播与翻译使得不同语言和文化之间的交流更为密切。跨文化语言转换是一项复杂而有挑战性的任务，涉及文学、语言学、翻译学等多个领域。本节将深入探讨文学作品跨文化语言转换的过程，包括翻译的角色、挑战与策略、文学元素的保留与调整等方面。

（一）翻译的角色

桥梁作用：翻译是文学作品在不同文化之间的桥梁，促使文学艺术跨越语言障碍，为世界各地的读者打造多元的文学体验。通过翻译，读者得以接触并理解其他文化的文学作品，实现文学的跨文化传播。

文化中介：翻译不仅是语言的转换，更是文化的传递。翻译者需要理解原作所处的文化语境，将其中的文化元素通过翻译合理地传递给目标语言读者，以确保作品的文化表达得以保留。

创造性的活动：翻译本身是一项创造性的活动。翻译者不仅需要准确传达原作的语言信息，还需要在保留原作风格和意境的基础上，在目标语言中找到最适当的表达方式。这涉及语言的艺术性和灵活性。

（二）挑战与策略

语言差异的挑战：不同语言之间存在着词汇、语法、语音等多方面的差异，这是翻译中的一大挑战。翻译者需要在保证意义完整性的基础上，巧妙地处理不同语言的表达方式。

文化差异的挑战：文化背景对于文学作品的理解至关重要，但不同文化之间存在差异。翻译者需要对原作品涉及的文学元素的内涵有深刻理解，以便将其在目标文化中进行保留或适度调整。

风格和韵律的保留：每种语言都有其独特的文体、韵律和声调。翻译者在工作中需要考虑如何保留原作的文学风格，使得目标语言读者能够感受到原作的艺术表达。

多语言作品的处理：当原作中涉及多种语言时，翻译者需要决定如何处理这种多语言情境。是直接翻译，还是采用替代策略，都需要考虑到翻译的流畅性和忠实性。

（三）文学元素的保留与调整

主题与情感：翻译过程中，翻译者需要确保原作的主题和情感能够在目标语言中得以传达。这需要对原作的情感和主题进行深入的理解，并在翻译中找到最合适的表达方式。

人物语言特点：文学作品中的人物通常有独特的语言特点，反映出其性格、身份和社会背景。翻译者需要在保留人物语言特点的同时，确保目标语言读者能够理解和产生共鸣。

文学风格：不同作家有各自独特的文学风格，这包括用词的选择、句式的构造、修辞手法等。翻译者需要努力保留原作的文学风格，使得读者在目标语言中能够体验到原作语言风格的独特之处。

（四）翻译过程中的实际应用

语言和文化研究：翻译者在进行文学作品的翻译前，通常会进行深入的语言和文化研究。这包括了解原作所处的历史、社会、文学传统等，以确保对文学元素的理解和传达是准确的。

反复审校与修改：翻译是一个反复迭代的过程。翻译者在完成初稿后通常需要进行多次审校和修改，以确保翻译的准确性和通顺性。这也是为了更好地保留原作的文学品质。

与作者的沟通：如果可能，翻译者与原作者的沟通是非常重要的。这有助于解决译者对原作的疑惑，也为翻译过程中的一些调整提供了更准确的指导。

目标读者反馈：在翻译完成后，翻译者通常会寻求目标语言读者的反馈。这有助于评估翻译效果，了解读者对于文学元素传达的接受程度，同时也为可能的改进提供了方向。

（五）未来趋势与挑战

机器翻译的崛起：随着人工智能和机器学习的发展，机器翻译的质量不断提高。未来，机器翻译可能会在文学作品翻译中占更大比重。然而，机器翻译面临着难以处理文学元素的挑战，因为这涉及创造性和情感表达。

文学多样性的保护：随着全球化的推进，一些小语种的文学作品也变得更为重要。在跨文化语言转换的过程中，需要更加注重保护和传承文学多样性。这涉及对小语种文学作品的关注和翻译支持。

数字化技术的应用：数字化技术如虚拟现实和增强现实将为文学作品的跨文化传播提供新的可能性。读者可以通过数字平台更直观地体验不同语言和文化的文学作品，加深对文学作品中出现的文学元素的理解。

翻译伦理的重要性：在跨文化语言转换中，翻译伦理变得越发重要。翻译者需要在保留原作文学价值的同时，避免传递歧视性、贬低性或不准确的信息。翻译者的选择和决策将直接影响文学作品在新文化中的被接受程度。

文学作品跨文化语言转换是一项复杂而具有挑战性的任务，涉及语言、文化、艺术等多个领域。翻译者在这一过程中扮演着关键的角色，他们不仅需要精通多语言，还需要深入了解文学作品的文化内涵和艺术风格。成功的跨文化语言转换需要翻译者的创造性和敏感性，以及对原作的尊重和理解。

二、语言转换对文学作品的影响

语言转换作为文学作品传播的媒介，对文学作品的传播产生深远的影响。文学作品在不同语言之间的转换涉及语言、文化、艺术等多个层面，这种转换既是一种必要的传播手段，同时也带来了一系列挑战和影响。这里笔者将探讨语言转换对文学作品的影响，包括文学元素的损失与丰富、文化差异的呈现、翻译者的角色等。

（一）文学元素的损失与丰富

语言的局限性：不同语言之间存在差异，有些表达和细微之处在目标语言中可能无法完全还原，这导致了一定程度上的文学元素的损失。例如，一些特定的词汇、双关语或者语音韵律可能在翻译中无法完美传达。

文学风格的保留：尽管语言转换中会有一些损失，但翻译者的创造性努力有助于在目标语言中保留原作的文学风格。通过选用合适的词汇、采用相近的修辞手法，翻译者可以使读者在目标语言中感受到原作的艺术表达。

情感与主题的传达：文学作品常常通过情感和主题传递深层次的意义。语言转换需要确保原作中的情感和主题在目标语言中得以准确传达，否则作品的核心可能会受到影响。

多语言元素的处理：一些文学作品可能包含多种语言元素，这需要翻译者在转换中灵活处理，以保证在目标语言中呈现出多语言的层次感，同时又不至于让读者感到困扰。

（二）文化差异的呈现

文化元素的传递：文学作品往往承载着作者所处文化的独特元素，包括风俗、习惯、信仰等。语言转换需要翻译者在目标语言中巧妙传达这些文化元素，以确保读者对原作所处的文化有所理解。

文化的调整与保留：在语言转换中，有时需要对文学作品中的文化元素进行调整，以适应目标文化的接受度。然而，这需要翻译者在调整中保留原作的文学品质，使得文学作品既能够传达原文化，又能够在新文化中引起共鸣。

文学作品的社会反映：一些文学作品反映了特定社会背景下的问题和现象。语言转换需要翻译者对原作所反映的社会背景有深刻理解，以确保这些社会元素在目标语言中得以恰当呈现。

文学作品的观念与价值观：不同文化之间的观念和价值观存在差异，这在语言转换中可能引发一些挑战。翻译者需要在确保原作核心观念不失真的同时，对其进行适度地调整以适应目标文化。

（三）翻译者的角色

创意与忠实性的平衡：翻译者在语言转换中需要平衡创意与忠实性。他们需要创造性地处理文学元素，以在目标语言中传达原作的艺术表达，同时又要忠于原作。这是一项复杂的任务，要求翻译者有一定的文学理解力和语言驾驭能力。

文学素养的要求：翻译者需要具备高度的文学素养，理解不同文学风格、修辞手法、叙事结构等。只有深入理解原作的文学特点，才能在转换中有效地保留这些元素。

文学和文化双重能力：语言转换涉及文学和文化的双重层面。翻译者不仅需要精通多种语言，还需要了解相关的文学传统和文化差异。这种双重能力的要求使得翻译者在语言转换中具备更全面的视野。

翻译伦理：翻译者在语言转换中还需要考虑翻译伦理。他们要权衡是否应该调整原作中可能存在的歧视性、敏感性问题，并确保在转换中不失去作者的原意。

（四）读者的角度

文学作品的接受度：语言转换直接影响着文学作品在目标语言社群中的接受度。翻译的质量决定了读者能否真实地体验到原作的艺术魅力，这直接关系到作品在新文化中的传播效果。

文学跨文化理解的挑战：对于目标语言读者来说，跨文化理解可能面临挑战。文学作品中的特定文化元素和背景可能需要读者付出额外的努力，以便更好地理解并欣赏作品。

翻译版本的选择：不同的翻译版本可能呈现出不同的语言风格和文学效果。读者需要在众多版本中进行选择，以找到最符合自己阅读偏好和理解能力的版本。

文学元素的解读：读者在阅读翻译作品时需要对文学元素有一定的解读能力，尤其是对于一些具有深层次文学意义的元素，读者可能需要通过注释或其他途径进行进一步的了解。

三、文学翻译中的文化传递

文学翻译是文化之间交流的桥梁，它不仅涉及语言的转换，更涉及文化的传递。文学作品是文化的载体，它承载着作者所处文化的独特元素，通过语言翻译，这些元素将在不同文化中传递和展示。这里笔者将深入探讨文学翻译中的文化传递，包括文学元素的保留与调整、文化价值的传递、跨文化沟通中的挑战与策略等方面。

（一）文学元素的保留与调整

语言特色的传递：文学作品中的语言特色通常反映了作者所处文化的独特之处。在翻译过程中，翻译者需要努力保留原作中的语言特色，包括方言、口头语等，以使读者在目标语言中感受到原作的文学风貌。

文学风格的传承：不同文学作品有着独特的文学风格，这包括句式的构造、修辞手法、用词的选择等。翻译者在文学翻译中需要努力保留原作的文学风格，使得目标语言读者能够领略到原作的独特魅力。

人物语言特点的保留：文学作品中的人物通常有着独特的语言特点，反映了他们的性格、社会背景等。在翻译中，翻译者需要保留这些人物语言特点，以确保目标语言读者能够深入理解人物的形象和人物所处的社会背景。

多语言元素的处理：一些文学作品中涉及多种语言元素，这可能包括外来语、方言、古语词汇等。翻译者需要在转换中巧妙处理这些多语言元素，以确保文学作品的多层次性在目标语言中得以呈现。

（二）文化价值的传递

文学作品中的文化符号：文学作品往往通过文化符号传递特定的文化价值观。这可能包括宗教、道德观念、社会习俗等。在文学翻译中，翻译者需要理解并传递这些文化符号，以确保读者能够理解原作所处文化的价值观。

社会背景的传达：文学作品通常反映了作者所处的社会背景，包括历史、政治、经济等方面。在翻译中，翻译者需要传达这些社会背景，使得目标语言读者能够更全面地理解作品中所反映的文化脉络。

文学作品的世界观：不同文化有着不同的世界观和价值体系。翻译者需要在文学翻译中传达原作所处文化的世界观，以便读者能够更好地理解作品中所传达的的观念。

文学作品中的情感体验：文学作品常常通过情感体验传递文化。在翻译中，翻译者需要确保读者能够理解原作中所蕴含的情感并产生共鸣，以使文学作品的文化价值能够在目标语文化中得以传递。

（三）跨文化沟通中的挑战与策略

文化元素的复杂性：文化元素涉及文学、历史、宗教、传统等多个层面，其复杂性增加了翻译的难度。翻译者需要在翻译过程中对这些元素进行深入的理解，并在目标语文化中找到适当的表达方式。

文学作品的主观性：文学作品往往具有主观性，作者通过独特的视角表达对自己世界的看法。在翻译中，翻译者需要在保持作者原意的同时，考虑目标文化读者对于主观性表达的理解，以确保文学作品在目标语文化中的接受度。

文学风格和修辞手法的翻译：每一种语言都有其独特的文学风格和修辞手法。翻译者需要在尽可能保留原作的风格的同时，考虑目标语言的特性，以确保翻译后的文学作品在新的语境中依然具有艺术性和吸引力。

（四）翻译者的责任

深入的文化理解：翻译者在文学翻译中需要具备深入的文化理解。这包括对原作所处文化的历史、社会、价值观等方面的了解，以便准确地传递文学元素。

跨文化的敏感性：翻译者需要对不同文化之间的差异保持敏感性，这涉及语言表达、社会习惯、宗教信仰等多方面，以避免在翻译中引入不当的文化元素。

创造性的处理：文学翻译是一项创造性的工作。翻译者需要具备创造性的思维，以在目标语言中找到最合适的表达方式，保留原作的艺术性和表达力。

翻译伦理的考量：翻译者在文学翻译中需要考虑翻译伦理。这包括对于文学作品中可能存在的敏感性问题的处理，以确保翻译的公正性和对文化的尊重。

第三节 语言障碍对文学研究的影响

一、跨文化研究中的语言沟通障碍

随着全球化的推进，跨文化研究变得越发重要。语言作为文化交流的核心工具，在跨文化研究中扮演着关键角色。然而，语言沟通障碍是不可避免的挑战，可能影响到交流的效果和研究的准确性。本节将探讨跨文化研究中常见的语言沟通障碍，分析其产生的原因、影响及应对策略。

（一）语言障碍的类型

语言差异：不同文化拥有独特的语言体系、语法结构和词汇表达方式，这种差异可能导致在跨文化研究中的语言理解障碍。即便是使用共同的语言，比如英语，不同地区的口音、用词习惯也可能引起理解上的偏差。

语用学差异：不同文化中，人们对于语言的使用和理解可能存在显著的语用学差异。礼貌用语、言外之意的传递方式、谦逊表达等方面的文化差异可能导致交流中的误解。

文化背景差异：语言背后常常承载着深刻的文化内涵，包括价值观、信仰体系、历史经验等。当交流者的文化背景相差较大时，他们对于相同语言表达的理解可能截然不同，从而导致交流的不畅和误解。

非语言沟通：非语言沟通元素，如肢体语言、面部表情、眼神交流等，在不同文化中的解读也存在差异。有些文化可能更注重非语言元素，而有些文化可能更重视语言本身，这可能导致信息的失真。

（二）产生语言障碍的原因

文化差异：不同文化之间存在着差异，包括价值观、社会结构、历史传统等。这种文化差异会影响到语言的使用和理解，使得在跨文化研究中更容易产生障碍。

语境差异：语境在语言交流中起着至关重要的作用。由于文化和社会背景的不同，跨文化研究者可能难以准确理解对方的语境，导致对信息的误解。

认知差异：不同文化背景下的人们对于世界的认知方式存在差异。认知差异可能导致对于语言表达的理解出现盲点，使得跨文化研究者难以准确捕捉到文化背后所蕴含的深层含义。

（三）语言障碍的影响

产生误解和歧义：语言障碍可能导致信息的误解和歧义。跨文化研究者可能对对方的言辞产生不同的解读，造成理解上的偏差，进而影响研究结论的准确性。

降低交流效果：语言障碍使得交流变得更为困难，效果大打折扣。在同一研究团队中，语言障碍可能会使拥有不同文化背景的成员难以有效合作，影响团队整体的研究效率。

阻碍研究的深入：语言障碍可能导致研究无法深入。研究者可能无法深入洞察特定文化，因为他们无法充分理解和捕捉到文化造成的细微语言差异。

文化误解和冲突：语言障碍容易导致文化误解和冲突。言辞的误解可能引发对方的不满，甚至引发文化之间的矛盾。这对于建立跨文化研究的合作关系和友好氛围构成威胁。

（四）应对语言障碍的策略

文化培训：在进行跨文化研究前，研究者可以接受相关的文化培训，了解研究对象的文化、价值观、社会习惯等，以更好地理解其语言使用的背后含义。

谨慎使用俚语和隐喻：俚语和隐喻在不同文化中的解读可能存在差异。为了避免引起误解，研究者应该尽量避免使用过多的俚语和隐喻，或者在使用时给予解释。

利用翻译工具：在必要的情况下，可以利用翻译工具来进行沟通。这有助于确保信息的准确传递，尤其是在语言障碍较大的情况下。

增加非语言沟通：为了弥补语言障碍可能带来的不足，研究者可以加强非语言沟通的力度，包括肢体语言、面部表情、动作等。这些元素在跨文化研究中可以起到更直接的沟通作用。

建立友好关系：在跨文化研究中建立友好、信任的关系尤为重要。通过积极地沟通和相互尊重，可以降低语言障碍带来的负面影响，增进合作氛围。

定期反馈和确认：确保信息的准确传递非常关键。定期进行反馈和确认，确保各方都理解对方的意图，有助于避免在沟通中产生误解。

在跨文化研究中，语言沟通障碍是一个复杂而严峻的问题。它不仅影响到研究者对于文化的深刻理解，也可能导致研究结果的不准确性和研究团队的合作困难。然而，通过采取合适的应对策略，研究者可以在很大程度上减轻这些障碍带来的负面影响。

文化敏感性培养、语言培训、多语言团队建设等策略可以帮助研究者更好地应对语言障碍。在实际操作中，研究者需要根据具体的研究场景灵活运用这些策略，并且时刻保持开放的心态，以更好地适应跨文化研究的复杂环境。通过共同努力，可以更好地实现不同文化之间的有效沟通，促进跨文化研究的发展和合作。

二、语言障碍如何影响文学作品的传播

文学作品是文化的重要组成部分，通过语言传达着作者的思想、情感和对世界的理解。然而，由于文学作品的语言特质以及跨文化传播的复杂性，语言

障碍成为影响文学作品传播的重要因素。这里笔者将探讨语言障碍如何影响文学作品的传播，分析文学作品在跨文化传播中可能出现的问题以及解决这些问题的策略。

（一）语言障碍对文学作品传播的挑战

翻译的难度：文学作品的传播首先面临的挑战是语言的差异。不同语言之间的表达方式、词汇选择、文化内涵都存在差异，因此翻译成为必要的手段。然而，翻译过程中可能出现的歧义、对文化差异的理解不足等问题，使得文学作品的原汁原味难以完全保留。

文化丰富度的丧失：语言障碍可能导致在翻译过程中文学作品中丰富的文化元素被丧失。这包括对于特定社会背景、历史事件、传统习俗等的描述，而这些元素是文学作品中不可或缺的一部分。

表达的局限性：由于语言的局限性，有些文学作品中细腻的情感、抽象的思想可能在翻译过程中难以准确传达。一些独特的修辞、诗意表达在其他语言中可能失去原有的韵味。

受众的局限性：特定语言的作品传播的受众有限。如果一部文学作品仅以某种语言存在，那么只有懂得这种语言的读者才能够欣赏，而其他语言背景的读者将无法深入体验。

（二）文学作品的跨文化传播面临的语言障碍

翻译中的误解和失真：在翻译过程中，文学作品中的语言元素容易被误解或失真。翻译者可能无法准确把握作者的语境、语气和情感，导致作品在传播中产生偏差。

文学风格的保持问题：不同语言拥有不同的文学风格和传统。在翻译过程中，保持原作的文学风格成为一项挑战，因为有些文学元素可能在其他语境中无法得到同样的体现。

文学作品的社会背景理解：文学作品通常深受作者所处社会背景的影响，而不同语言和文化的读者可能对于作品中的社会背景理解存在差异。这种差异可能导致对作品内涵的误读。

特定词汇的翻译难题：有些文学作品中使用了特定文化、地域或历史时期的词汇，这些词汇在其他语言中可能难以找到准确对应的词汇替代，给翻译造成困扰。

（三）语言障碍对文学作品传播的影响

局限了作品的国际化程度：由于语言障碍，一些优秀的文学作品可能无法实现全球性的传播。作品的国际化程度受到语言差异的制约，只能在部分语境中流传。

削弱了作品的影响力：语言障碍可能导致文学作品在传播过程中失去一部分原有的深度和广度。翻译中的失真和误解可能使得作品在另一语境中无法发挥出其最大的影响力。

增加了作品的传播成本：翻译是一项复杂而费时的工作，需要雇佣专业的翻译人员。这增加了文学作品传播的成本，尤其是对于一些小众语言的作品来说，可能面临着资源不足的问题。

制约了文学多元性的体现：语言障碍可能导致某一语言文学更容易传播，而其他语言的文学作品因为受众的限制而无法广泛传播，从而制约了文学多元性的体现。这也影响了全球文学的多样性和平衡性。

（四）应对语言障碍的策略

优秀翻译的重要性：选择经验丰富、专业水平高的翻译人员是解决语言障碍的重要策略。翻译人员需要具备对原文的深刻理解，能够将作者的意图准确传达给目标读者。

文学作品的多语版本：在文学作品的传播中，制作多语版本是一种有效的策略。通过提供多语版本，可以更好地满足不同语言背景读者的需求，减轻语言障碍带来的限制。这可能包括出版多语言的印刷版、电子书以及提供在线翻译服务，以确保更广泛的受众可以阅读作品。

跨文化交流平台的建设：创建一个促进跨文化交流的平台，使得作者、读者和翻译者能够更加方便地进行互动。这样的平台可以提供翻译交流、文学讨论和文化分享的机会,促使不同语言背景的人们更好地理解和欣赏文学作品。

文学教育的推广:推动文学教育,培养更多具备跨文化理解和翻译技能的人才。通过提高人们的文学素养和跨文化沟通能力,可以更好地应对语言障碍,促进文学作品的传播。

文学节、比赛和活动的举办:通过举办国际性的文学节、比赛和其他相关活动,可以为文学作品提供更多展示的机会。这有助于增加文学作品的曝光度,吸引更广泛的读者群体。

开发智能翻译技术:利用先进的技术手段,如机器翻译和自然语言处理技术,来提高翻译的准确性和效率。虽然机器翻译在精准度方面尚不能替代人工翻译,但在某些场景下可以提供快速的临时翻译支持。

推广文学交流项目:倡导和支持跨文化的文学交流项目,鼓励作者在不同语境中展开合作,共同创作文学作品。这有助于打破语言障碍,促进文学作品的跨文化传播。

(五)语言障碍的应对策略与文学作品传播的未来趋势

虚拟现实的应用:随着虚拟现实技术的发展,未来可能会看到更多基于虚拟现实的文学作品传播方式。这种技术可以提供更加身临其境的文学阅读体验,减少语言障碍对作品传播的限制。

人工智能在翻译中的角色:随着人工智能的不断发展,未来翻译工具可能会更加智能和精准。人工智能可以成为一个强大的辅助工具,提高翻译的效率和准确性。

全球性文学社区的形成:通过互联网的连接,全球性的文学社区可能会逐渐形成。这样的社区可以成为作者、读者和翻译者的互动平台,从而促进文学作品在全球范围内的传播。

多语言创作的推动:未来可能会更多地推动多语言创作,即作者在不同语言中创作同一作品。这样的尝试有助于减少翻译带来的困扰,让作品更贴近原始创作的内涵。

社交媒体的作用：社交媒体在文学作品传播中的作用将变得更为重要。通过社交媒体平台，人们可以更加直接地分享、评论和传播文学作品，降低语言障碍可能带来的传播成本。

语言障碍对文学作品传播构成了一定的阻碍，但随着社会的不断发展和技术的进步，我们也能够看到许多应对这一问题的策略和消除语言障碍的趋势。通过倡导多语言交流、发展智能翻译技术、推动全球性文学社区的形成等手段，我们有望更好地克服语言障碍，使文学作品在全球范围的更广泛地传播。这需要文学界、科技界、教育界等多方共同努力，共同促进文学的多元传播，让优秀的文学作品能够跨越语言的障碍，为全球读者带来共同的文学体验。

第四章　文学作品的受众与接受度

第一节　文学作品的文化接受度

一、文学作品如何反映文化价值观

文学作品是一种独特而强有力的文化表达形式，承载着作者对于生活、人性、道德等方面的思考。在这个多元文化的时代，文学作品不仅是单一文化内部的表达，更是文化之间交流的桥梁。本节将深入探讨文学作品如何反映文化价值观，以及它是如何承载、传递并演绎着不同文化的核心价值观念的。

（一）文学作品的文化价值观反映

1. 人物与社会伦理

文学作品通过塑造各种人物形象，反映了不同文化对于社会伦理的看法。人物的品质、行为，以及他们在故事中所面对的道德抉择，都是文学作品中表达文化价值观的关键元素。通过人物的塑造，读者得以窥见文化对于美德、道德规范的期望。

2. 故事情节中的价值观冲突

文学作品的情节往往是通过角色之间的冲突展开的，而这些冲突往往源于不同的价值观。通过故事情节，作品可以生动地展示不同文化价值观之间的碰撞和对抗。这种冲突的呈现使读者更能深入理解文化之间的价值观分歧，引发对于这些分歧的思考。

3. 语言与象征的文化意涵

文学作品中的语言选择、隐喻、象征等元素都承载着深刻的文化意涵。作者通过对词汇的运用、隐喻的创造，将文化价值观融入文字之中。通过细致入微的语言处理，文学作品能够传达出文化的精髓，让读者在文字间感受文化的魅力。

（二）文学作品的跨文化价值观表达

1. 文学作品的翻译与解读

文学作品在跨文化传播时，需要进行翻译和解读。这一过程中，翻译者和解读者不仅仅是语言的传递者，更是文化价值观的传递者。如何保持原作中的文化特色，同时使之更容易为不同文化背景的读者所理解，成为一个挑战。

2. 多元文化元素的融合

跨文化作品往往具有多元文化元素的融合。通过将不同文化的元素融入同一故事框架中，文学作品表达了对多元文化的尊重与接纳。这种融合不仅展示了文化的多样性，同时倡导了文化之间的交流与融合。

3. 文学作品中的文化转换

在某些作品中，作者可能选择通过文化转换的方式，将故事从一个文化背景转移到另一个。这种文化转换既是对原文化的尊重，同时也是为了更好地让另一文化的读者理解作品。这种转换方式既是跨文化表达的一种策略，也是对文化价值观的一种呈现。

（三）文学作品的文化价值观传承

1. 文学作品对传统文化的延续

文学作品作为文化的一部分，对传统文化的传承起到了不可替代的作用。通过作品中对传统故事、传统价值观的再现，文学将传统文化保留并传递给后代。这样的传承不仅是对文化历史的尊重，也是对文化价值观的一种珍视。

2. 对现代文化的审视与反思

一些文学作品选择对当代文化进行审视与反思。通过对社会现象、文化现象的批判性描绘，作品引导读者重新思考当代社会的价值观，并激发对更深层次文化观念的关注。这种对当代文化的审视促进了文化价值观的不断演变。

3. 文学作品对未来文化的影响

文学作品通过对传统和当代文化的反映，也对未来文化产生着潜在的影响。通过对人性、社会问题的深入探讨，文学作品能够引导读者思考未来社会的发展方向，对未来文化的塑造具有一定的引导作用。

在未来，文学作品将对文化价值观的表达继续发挥关键作用。随着社会的不断发展和变迁，文学作品将持续塑造和影响文化的演进。然而，我们也要认识到文学作品并非单一固定的文化代表，它们在表达文化价值观时可能存在多样性和争议性。因此，对于文学作品的阅读和解读需要更为开放和多元，以充分体现不同文化的复杂性和多样性。

通过对文学作品的深入分析，我们能够更好地理解和尊重不同文化的核心价值观。这种理解不仅有助于个体更好地融入多元文化的社会，也为文化之间的和谐共存提供了有益的参考。文学作品的力量将在推动人类文明向前发展的过程中继续发挥重要的作用。

二、文学作品在特定文化中的受欢迎程度

文学作品作为文化的精髓之一，其在特定文化中的受欢迎程度不仅关系到文学本身的传承与发展，也深刻地反映了一个社会的价值观、审美取向和精神需求。这里笔者将深入探讨文学作品在特定文化中受欢迎程度的原因和影响，探寻其背后的文化动力与社会机制。

（一）文学作品受欢迎的原因

1. 文学作品的文化共鸣

文学作品往往通过深刻的人物刻画和情节设计，触及人们内心深处的共鸣。在特定文化中，作品能够反映出人们对于生活、人性、道德等方面的共同关切，因此受众更容易产生情感共鸣。这种文化共鸣使得作品在特定文化中更易受到欢迎。

2. 文学作品的社会关照

一些文学作品关注社会现实，对社会问题进行深刻的揭示与反思。在特

定文化中，这样的作品能够引起读者对社会问题的关注，激发社会共鸣。因而，文学作品在反映和关照社会问题的同时，也更容易在特定文化中引起关注和喜爱。

3. 文学作品的文化符号

文学作品往往具有丰富的文化符号，这些符号与特定文化的历史、传统、价值观等深刻相连。在特定文化中，读者对于这些文化符号有着更为直观而深刻的认同感。因此，作品中涉及的文化元素成为影响受众接纳程度的一个重要因素。

（二）文学作品对特定文化的影响

1. 文学作品的文化传承

优秀的文学作品往往能够成为特定文化的代表之一，承载着该文化的语言、历史、传统等。通过作品，文化的精髓能够被更广泛地传递给后代，实现文化的传承。这种文化传承在形塑文化认同感、弘扬文化自信心等方面发挥着不可替代的作用。

2. 文学作品的社会引导

一些文学作品对社会具有引导作用。通过作品中的人物形象和情节设计，作家往往在无形中影响着社会的价值观和行为准则。在特定文化中，一部作品可能引发社会的深刻反思和变革，从而对社会产生重要影响。

3. 文学作品的文化创新

一些突破性的文学作品在特定文化中往往引领文化的创新。通过对传统文化的重新解读、对当代问题的深刻反思，这些作品推动了文化的发展和演变。因此，文学作品在特定文化中的受欢迎程度也与其在文化创新中的贡献密切相关。

（三）文学作品的类型与受众群体

1. 文学体裁的差异

不同的文学体裁往往在特定文化中有着不同的受众。例如，小说可能更容易引起大众的关注,而诗歌可能更多地吸引那些对抒情和深度思考感兴趣的读者。因此,文学作品的类型差异成为影响其受欢迎程度的重要因素。

2.受众群体的文化认同

文学作品的受欢迎程度还受到受众群体的文化认同的影响。不同文化背景的人对于文学作品中的文化元素的接受程度和理解深度可能存在差异。因此,作品是否能够打动特定文化的受众,很大程度上与受众的文化认同相关。

3.文学作品的市场与宣传

文学作品在特定文化中的受欢迎程度也受到市场和宣传的影响。一些畅销书籍可能通过广泛的宣传和市场推广在短时间内获得高度的关注与喜爱。作品的出版、推广渠道以及受众的认知度,都对其在特定文化中的受欢迎程度产生深远的影响。

三、跨文化研究中的文学作品文化接受度分析

文学作品作为一种深刻的文化表达形式,承载着作者对于生活、社会和人性的独特见解。在跨文化研究中,文学作品的文化接受度成为一个备受关注的话题。这里笔者将深入分析文学作品在跨文化环境中的文化接受度,探讨不同文化之间的相互影响,以及文学作品如何在不同背景下引起读者的共鸣。

(一)文学作品在跨文化研究中的重要性

1.文学作品作为文化的代表

文学作品不仅仅是一种个体创作的产物,更是文化的代表。它承载着创作者所处文化的价值观、信仰、传统等元素。在跨文化研究中,通过分析文学作品,研究者可以深入了解不同文化之间的异同,从而促进文化的相互理解。

2.文学作品的情感共鸣

文学作品有着独特的情感表达方式,能够触动人的内心深处。不同文化的人们通过文学作品可以建立情感上的共鸣,超越语言和文化的障碍。这种情感共鸣使得文学作品成为跨文化交流中一种强有力的媒介。

3.文学作品的社会反映

文学作品往往反映着所处社会的风貌和问题。在跨文化研究中，通过对文学作品的分析，可以洞察到不同社会结构、制度和问题，为文化之间的比较提供有力支持。文学作品成为了一扇观察不同文化社会的窗户。

（二）跨文化环境下的文学作品文化接受度

1.文学作品的翻译问题

跨文化研究中，文学作品的翻译问题是一个不可忽视的挑战。语言的差异可能导致作品在翻译中失去一些原有的文化内涵，影响读者对文学作品的真实理解。但同时，巧妙的翻译也能够为文学作品的传播和被接受提供有力的支持。

2.文学作品的文化元素融合

在文学作品中，融入不同的文化元素是一种常见的手法。作家通过吸收多元文化的元素，创作出更具包容性的作品。这样的文学作品更容易在跨文化环境中引起读者的兴趣，因为它们涵盖了多个文化背景下的共同关切点。

3.文学作品的文化转换

有些文学作品选择通过文化转换的方式，将故事从一个文化背景转移到另一个。这种文化转换不仅能够拓展作品的受众范围，同时也为读者提供了更多文化的体验。然而，文化转换也需要谨慎，以避免失去原作品的独特性和深度。

（三）影响文学作品文化接受度的因素

1.文学作品的主题选择

文学作品的主题选择在很大程度上影响着读者的接受度。一些通识性的、关注人类普遍问题的主题更容易跨越文化边界，引起不同文化读者的关注。例如，关于爱、友谊、自由等主题的作品通常具有更广泛的文化适应性。

2.文学作品的文化敏感度

文学作品的文化敏感度是其在跨文化环境中被接受的关键。作家是否能够敏锐地捕捉到不同文化的特点，是否能够以尊重的态度呈现文化差异，直接影响着作品在跨文化环境中的被接受程度。

3. 作品背后的创作者身份

创作者的身份背景往往也是影响人们对文学作品的接受度的因素之一。作家的文化背景、个人经历和社会地位都会在作品中得以反映。在跨文化环境中，读者可能更倾向于接受那些能够代表文化视角的作家的作品。

文学作品在跨文化研究中的文化接受度是一个复杂而多层次的议题。文学作品的成功不仅仅取决于其本身的质量，更在于作品是否能够适应不同文化的阅读背景、是否能够引起读者的情感共鸣。在全球化时代，文学作品的文化接受度不仅是文学研究的重要方向，也关系到文化交流与融合的深度和广度。通过深入分析文学作品在跨文化环境中的被接受度，我们更能够理解文学作品在不同文化中的作用与影响，推动文学研究向更加开放和多元的方向发展。

第二节 文学作品在不同文化中的受众反应

一、文学作品在跨文化传播中的挑战

随着全球化的不断发展，文学作品的传播范围不再受限于国界，而是跨越文化、语言和地域。然而，跨文化传播面临着一系列的挑战，包括语言差异、文化障碍、审美差异等。本节将深入探讨文学作品在跨文化传播中面临的挑战，并提出克服这些挑战的策略，以促进文学作品在全球范围内的有效传播。

（一）语言差异与翻译问题

1. 语言差异的挑战

语言是文学作品最基本的表达媒介，但不同文化之间存在着丰富而复杂的语言差异。文学作品在跨文化传播中，首先面临的挑战就是语言的隔阂。作品原本所处的文化中的语言特点、表达方式，在传播到其他文化时可能因为语言的不同而失去一些细腻之处。

2. 翻译的难题

翻译是跨文化传播中的关键环节，但也是一个充满挑战的任务。文字的翻译往往难以完全传递原作的文化内涵、情感色彩和语言风格。一些文学作品中包含的特定文化背景、习惯用语、俚语等，可能难以被准确翻译，导致读者在阅读中失去阅读原作可以获得的深度体验。

3. 克服语言差异的策略

多语言出版：通过尽可能采用多语言出版的方式，可以确保文学作品跨越语言和地域的界限，触达更广泛的读者群体。这种出版模式不仅有助于保护和传承各种语言的文学遗产，还能促进不同文化之间的理解和交流。多语言出版使得读者能够以自己熟悉的语言阅读到世界各地的优秀作品，从而拓宽视野，增进对不同文化的认识和尊重。同时，这也为作者提供了更广阔的展示平台，有助于推动文学的多样性和创新。

专业化翻译团队：寻求专业的翻译团队，特别是熟悉原作文化的翻译人员，以确保翻译工作更加准确、贴近原著。

注释和解释：在译作中加入充分必要的注释和解释，帮助读者更好地理解特定文化的背景、语言用法等。

（二）文化障碍与审美差异

1. 文化障碍的影响

文学作品通常承载着丰富的文化元素，包括历史、传统、价值观等。当作品跨越文化传播时，读者可能因为对原文化不熟悉而难以理解或产生误解，这就构成了文化障碍。

2. 审美差异的挑战

不同文化对于审美的理解存在较大差异。一些文学作品在原文化中被认为是经典之作，但在其他文化中可能由于审美观念的不同而难以引起共鸣。审美差异也涉及对于情感表达、文学风格等方面的理解。

3. 克服文化障碍与审美差异的策略

文化解读引导：提供文学作品的背景解读，包括作者的文化背景、作品所反映的社会环境等，帮助读者更好地理解文学作品。

文化交流平台：利用互联网等平台，创建文化交流的空间，让读者能够在阅读的同时分享各自文化的理解，从而促进跨文化交流。

文学节目与展览：举办跨文化文学节目、展览，通过讲座、座谈会等形式引导观众深入了解文学作品所承载的文化元素，增进对不同文化的理解。

（三）市场差异与推广困境

1. 市场需求的不同

不同文化背景的读者对文学作品的需求存在较大的差异。一些在原文化中非常成功的作品可能在其他文化中难以找到足够的市场。因此，市场需求的不同是跨文化传播中的一项挑战。

2. 推广困境

作品在跨文化传播中，由于市场推广手段的不同、效果的不确定性，可能面临推广困境。一些成功的推广策略在其他文化中未必适用，需要因地制宜，耐心而精准地进行推广。

3. 克服市场差异与推广困境的策略

定制化推广策略：针对不同文化的市场特点，制定具体的推广策略，包括广告、社交媒体推广、线下活动等。

合作与联动：与当地文化机构、出版社等合作，借助其资源与影响力，实现合作推广。通过与当地作家、艺术家的联动，使文学作品更好地融入当地文化生态，提高当地读者对其的接受度。

文学奖励与荣誉：参与当地的文学奖项评选，获得奖项或提名将极大提升作品的知名度。此外，一些国际性的文学奖项也可以成为跨文化传播的契机，吸引更多读者的关注。

文学作品在跨文化传播中面临的挑战多种多样，涉及语言、文化、市场、技术等多个方面。然而，这些挑战并非不可逾越。通过合理的策略和努力，可以有效地克服这些挑战，推动文学作品在全球范围内的传播。跨文化传播既是一个挑战，也是一个机遇，它为文学作品提供了更广阔的舞台，使得不同文化之间的交流变得更加紧密。

在这个信息交流高度发达的时代，文学作品不再受制于地域，而是成为连接世界各地读者的桥梁。创作者和相关机构需要更具创新力和开拓精神，积极适应数字化时代的发展，不断寻找适应跨文化传播的新策略。只有在全球共建的语境中，文学作品才能真正实现文化的传递、对话和共融。

二、文学作品在不同文化中的解读差异

文学作品作为一种具有深刻文化内涵的艺术表达形式，其在不同文化中的解读差异不仅反映了文学的多样性，也揭示了文化对于理解、感知作品的独特影响。这里笔者将探讨文学作品在不同文化中的解读差异，着重分析语言、历史、价值观等方面的文化因素，以深入理解文学作品如何在不同文化语境中产生不同的意义。

（一）语言的解读差异

1. 语言的文化嵌入性

语言是文学作品的基础，而不同文化的语言具有独特的文化嵌入性。每一种语言都承载着特定文化的思维方式、表达方式和文学传统。因此，同一段文字在不同语境中可能被赋予截然不同的意义。

2. 语言的隐喻与文化象征

文学作品中的隐喻和象征常常深深植根于特定文化的传统和历史。对于一位熟悉这一文化的读者而言，这些隐喻可能是直观的、富有象征意义的，而对于其他文化的读者，它们可能变得模糊不清或甚至无法理解。语言的文化底蕴影响着对作品中信息的多层次解读。

3. 克服语言差异的困境

多语言翻译与注释：通过多语言的翻译工作，尤其是由了解原文化的翻译

者进行的翻译，可以尽量减少语言差异造成的信息损失。同时，对于一些文化特定的隐喻和象征，可通过详尽的注释来进行解释。

文学研讨与讲座：通过组织文学研讨和讲座，提供对于特定文学作品的文化背景、语言特点的深入解读，使读者能够更好地理解和体验作品。

（二）历史与社会的解读差异

1. 历史的文化沉淀

文学作品往往借助历史来构建故事背景，反映社会风貌。然而，不同文化对于历史事件的关注点、评价标准，以及历史记忆的传承方式存在着显著的差异。同一段历史在不同文化中可能被解读为截然相反的故事。

2. 社会制度与文学表达

文学作品反映了社会制度的运作、社会结构的特点。在不同文化中，对于社会制度的理解、对于权力关系的看法，都会对文学作品的解读产生深远的影响。一些有关社会问题的敏感话题或表达可能在不同文化中引起截然不同的反响。

3. 克服历史与社会差异的策略

加强历史教育，提高文学素养：在推广文学作品的同时，加强对读者的历史教育，提高其对于历史事件的了解程度，有助于其更好地理解作品中蕴含的历史文化元素。

组织社会对话，分享文学解读：通过组织社会对话、座谈会等形式，鼓励读者分享对于文学作品的解读，促使不同文化的观点相互碰撞、对话，拓展解读的视野。

（三）价值观念与道德观的解读差异

1. 文学作品中的价值观传达

文学作品通常承载着作者对于价值观念和道德观的表达，但这些价值观在不同文化中可能会受到截然不同的解读。不同文化对于道德、伦理和人性的看法存在着差异，因此同一文学作品在不同文化中可能引发截然相反的情感。

2. 文化背景与人物塑造

人物的性格、行为举止塑造往往深受文化背景的影响，而读者在面对这些人物时，会将其行为与自身文化中的价值观进行比较。这种对于人物的不同解读可能导致对整个作品的不同理解。

3. 克服价值观与道德观差异的策略

文化对话与辩论：通过组织文学座谈、辩论等活动，促进读者在不同文化背景下分享对于作品中价值观和道德观的理解，达成一种文化对话的共识。

情感共鸣的强调：在推广文学作品时，强调作品中人物的情感共鸣点，而非仅仅强调文化差异。通过突出人性的普遍性，拉近不同文化读者之间的感受。

三、跨文化研究中的受众反应分析

在当今的全球化时代，文学、电影、音乐等文化作品不再受限于国界，而是在不同文化间实现了跨文化传播。跨文化研究不仅关注作品本身的传播，更关注不同文化中受众对于这些作品的反应。这里笔者将深入探讨跨文化研究中的受众反应，包括观众对文化作品的理解、感受和互动，以及这些反应在文化交流中的作用。

（一）跨文化受众反应的多样性

1. 文化差异与反应差异

不同文化的受众对于同一文化作品的反应存在显著的差异。这包括对于情节、人物、主题的理解和感受，以及对于作品所蕴含文化元素的接受程度。文化背景、价值观的不同会导致观众在面对作品时产生截然不同的情感共鸣。

2. 语言与受众连接

语言是文化传播的桥梁，而受众对于语言的理解程度直接影响其对文学、电影等作品的反应。语言的语法结构、词汇选择，以及文学技巧在不同文化中的解读差异，都会影响受众的感知和反应。

3.受众背景与教育水平

受众的文化背景和教育水平是影响其对文化作品反应的重要因素。受众对于历史、哲学、文学等方面的了解程度会影响其对作品深度理解的能力,进而影响其对作品的情感投入。

(二)跨文化受众反应的影响因素

1.媒介形式与受众互动

不同的媒介形式对于受众的反应产生不同的影响。电影、音乐等更加直观的媒介形式可能更容易引起受众情感共鸣,而文学作品则更侧重于读者的主观想象和思考,因此在受众反应上存在着一定的差异。

2.文化表达方式的多样性

不同文化对于表达方式的偏好存在差异。有的文化更注重隐喻、象征,有的文化更偏爱直截了当的表达。作品所采用的表达方式在跨文化传播中对于受众的接受程度产生影响。

3.媒体环境与文化认同

受众所处的媒体环境也会影响其对文化作品的反应。在一个开放、多元的媒体环境中,受众更容易接受来自不同国家的文学作品,形成更为包容的文化认同感。相反,在封闭、单一的媒体环境中,受众的文化认同可能更为狭隘。

(三)跨文化受众反应的研究方法

1.定量研究方法

通过问卷调查、统计数据等定量研究方法,可以量化受众对于文化作品的反应。这种方法适用于大规模的受众调查,其能够提供客观的数据支持,揭示跨文化受众反应的一般规律。

2.定性研究方法

定性研究方法包括深度访谈、焦点小组讨论等,通过深入挖掘受众的主观体验,揭示其对于文化作品反应的更为细致的层面。这种方法能够提供更为丰富和深刻的理解,捕捉到受众情感和认知的细微变化。

跨文化研究中的受众反应分析是一个复杂而丰富的领域，涵盖语言、文化、媒体、教育等多个方面。了解受众在不同文化环境中对文学、艺术等作品的反应，有助于推动文化交流与理解。在未来的研究中，应重点推动跨学科合作，以更好地理解跨文化受众反应并促进其研究与实践。这不仅有助于文化产品在全球范围内更好地传播，也为构建开放、包容的全球文化交流平台奠定了基础。

第三节 文学批评对受众研究的贡献

一、文学批评在理解受众反应中扮演的角色

文学批评作为一门独立的学科，致力于深度解读文学作品，并探讨其在社会、文化和历史背景下的意义。然而，文学作品的生命力不仅仅存在于学术领域，更体现在广大读者的理解、接受与反应之中。本节将探讨文学批评在理解受众反应中扮演的角色，分析其对文学作品解读和作家创作的影响，以及如何促进文学作品在更广泛的层面上的引发读者共鸣。

（一）文学批评的基本任务

1.解读文学作品

文学批评的基本任务之一是解读文学作品。批评家通过对文本的分析，探讨其中的文学元素、主题、符号等，为读者提供深度的理解。

（1）结构与形式的分析

文学批评家通过对作品的结构与形式的详尽分析，揭示出作者的写作意图及作品隐含的信息，这为读者提供了深层次的文学体验。

（2）主题与意义的探讨

文学作品通常蕴含丰富的主题和意义，而文学批评通过深入研究作品的文化、社会、历史背景，揭示其中的深刻内涵，引导读者更全面地理解作品。

2. 评价文学作品

文学批评不仅仅是一种解读，更是一种评价。通过对作品的评价，批评家为读者提供了一种参考，帮助他们更好地理解作品的价值和意义。

（1）艺术性的评估

文学批评在评价一个作品的时候，通常会关注其艺术性。这包括文学语言的运用、叙事的技巧、人物的塑造等方面，通过对这些方面的评估，批评家能够指导读者更好地欣赏作品。

（2）文学作品在文化和历史中的地位

批评家还会评估作品在特定文化和历史时期中的地位。这种评价有助于读者更好地理解作品对社会的反映以及其在文学史上的地位。

（二）文学批评与受众的互动

1. 受众的角度与理解

文学批评与受众的互动是文学传播过程中的关键环节。受众的文学素养、阅读经验、文化背景等方面的差异，决定了他们对作品的理解和感知。

（1）不同文化背景下的解读

文学作品在不同文化中可能被赋予截然不同的意义。文学批评通过对不同文化背景下的受众反应的观察和分析，能够揭示作品在全球范围内的共性和差异。

（2）读者群体的多元性

不同读者群体对于文学作品的反应也是多元的。批评家通过对不同年龄层、教育程度、兴趣爱好的读者反应的分析，帮助作家更好地了解他们的受众，从而更好地创作。

2. 文学批评与受众反馈的交流

文学批评在解读和评价的同时，还常常接受来自受众的反馈。这种双向的交流促使批评家更加关注受众的需求，有助于构建一个更加有效的文学传播体系。

（1）批评家对于受众反馈的倾听

批评家通过关注读者的评论、书评等反馈信息，了解他们对作品的看法。这种倾听使得批评家能够更全面、客观地理解受众对于作品的态度及他们对于作品内容的理解。

（2）反馈对作家创作的影响

受众的反馈不仅仅是对作品的一种评价，更是对作家的一种启示。作家通过关注批评家和读者的反馈，调整创作风格、深化主题，以更好地迎合受众。

（三）文学批评的作用

1. 文学批评与读者共鸣

文学批评通过深入的解读和评价，帮助读者更好地理解作品，并引发读者在情感上的共鸣。批评家的专业分析为读者提供了更深层次的文学体验，促使他们更全面地理解作品的内涵。

（1）对情感共鸣的引导

文学作品往往通过情感传递与读者建立共鸣。文学批评家通过对作品情感元素的剖析，能够为读者提供更深层次的解读。批评家的洞察力和情感分析，有助于读者更好地理解作品所表达的情感，引导他们深入感受作品所传递的情感。

（2）对主题的共鸣

文学作品通常包含深刻的主题，而文学批评则有助于读者更好地理解作品的主题。通过批评家对主题的深入解读，读者能够更清晰地认识作品所要传达的思想和观念，从而更深入地与作品发生共鸣。

2. 文学批评与社会共鸣

文学作品往往反映社会、文化、政治等方面的现实问题，而文学批评通过对这些问题的深入剖析，促使读者更加关注社会的变革和发展。

（1）对社会问题的关注

文学批评家常常关注作品中所涉及的社会问题，通过对这些问题的解读和评价，引导读者对社会现象的深刻思考。这种关注有助于激发读者对社会问题的关心，促使他们更积极地参与社会发展。

（2）对文学作品的社会影响力的认知

文学批评家对作品的社会影响力进行评估，有助于读者认知作品在社会中的地位。读者通过作品在社会上引起的反响，能够更清晰地认识到文学作品在塑造社会观念和推动社会变革中的潜在作用。

二、文学批评方法对受众研究的启示

文学批评方法作为一种系统的文本解读和分析手段，对文学作品进行深入剖析，揭示其中的文学元素、主题、符号等。近年来，随着对文学作品受众反应的关注不断增加，文学批评方法也逐渐涉足受众研究的领域。这里笔者将探讨不同文学批评方法在受众研究中的应用，以及这些方法对于理解受众反应、挖掘潜在意义和促进文学作品传播的启示。

（一）文学批评方法概述

1.结构主义批评方法

结构主义批评方法强调文学作品中各个元素之间的结构关系，注重符号和符号系统的分析。该方法通过挖掘作品中的结构模式和符号体系，揭示出作品内在的联系。

（1）结构关系的剖析

结构主义批评家关注作品中元素之间的关联，强调整体结构对于理解作品的重要性。这种关注结构的方式有助于理解受众如何感知和理解作品的整体形象。

（2）符号系统的破解

结构主义强调作品中的符号系统，认为符号不仅仅是表面现象，更是文学作品深层次含义的窗口。通过对符号系统的深入研究，可以揭示作品对受众的潜在影响。

2. 形式主义批评方法

形式主义关注作品的形式和技巧，将文学作品看作一种艺术构成，强调作品独立于其社会和历史背景。该方法通过对文学形式的分析，凸显作品的独特性和创造性。

（1）艺术构成的审美

形式主义批评方法深入剖析文学作品的艺术构成，从语言、结构、韵律等多个维度审视其审美价值。它认为，文学作品通过巧妙的艺术安排，能够创造出独特的审美体验，使读者在欣赏过程中感受到作品的内在魅力和艺术感染力。

（2）对独特性的强调

形式主义批评方法强调作品的独特性和创造性，认为每一部文学作品都是作者独特艺术构思的结晶。通过对作品形式的深入分析，形式主义批评能够揭示出作品在结构、风格、技巧等方面的独特之处，从而彰显其艺术价值和个性魅力。

3. 文化批评方法

文化批评方法将文学作品置于其所处的社会和文化背景中，关注文学作品与文化之间的互动。该方法通过文化背景的分析，揭示作品对于社会、文化、历史的回应和影响。

（1）文化背景的深度剖析

文化批评方法不仅关注文学作品的内容，更重视其背后的文化背景。通过对作品所处时代的政治、经济、宗教、习俗等方面的细致分析，该方法能够揭示作品在特定文化语境中的生成机制和深层含义，使读者更加深入地理解作品的内涵和价值。

（2）作品对社会文化的回应与影响

文化批评方法认为，文学作品不仅是社会文化的反映，更是对其的回应和影响。通过对作品主题、人物形象、情节结构等方面的分析，该方法能够揭示作品对社会问题的关注和批判，以及其对读者和社会产生的深远影响。这种分析有助于我们更加全面地认识文学作品在社会文化中的作用和价值。

（二）文学批评方法在受众研究中的应用

1. 结构主义批评方法的应用

（1）分析受众对结构关系的理解

结构主义批评方法可以应用于分析受众对于文学作品结构关系的理解。通过研究受众对于作品整体结构的感知，可以揭示他们在阅读过程中对于作品内在逻辑的理解路径。

（2）解读受众对符号体系的回应

结构主义强调符号的重要性，因此可以通过研究受众对于作品中符号的反应，洞察他们对于作品深层次意义的解读。这有助于理解受众在文学作品中找寻和感知符号的过程中所产生的共鸣和认知。

2. 形式主义批评方法的应用

（1）分析受众对艺术构成的欣赏

形式主义注重作品的艺术构成，可以通过分析受众对于艺术构成的欣赏和评价，了解他们对于文学作品审美价值的体验。这有助于挖掘受众对于作品独特性和创造性的认知。

（2）探讨受众对文学形式的接受程度

形式主义关注文学形式和技巧，因此可以通过研究受众对于不同文学形式的接受程度，了解他们对于作品表达方式的喜好和偏好。这对于理解受众的审美趣味具有重要意义。

3. 文化批评方法的应用

（1）分析受众对社会和历史背景的关注

文化批评方法注重作品与社会、历史的互动，可以通过分析受众对于作品中社会和历史背景的关注程度，了解他们对于社会现象的敏感度和理解深度。

（2）研究受众对文化符号的解读

文化批评方法强调文学作品中的文化符号，因此可以通过研究受众对文学作品中文化符号的解读，了解他们对于文学作品中蕴含文化元素的认知和感知。这有助于理解受众在文学作品中所关注的文化元素。

（三）文学批评方法对受众研究的启示

1. 多元化的受众解读

不同的文学批评方法强调作品的不同方面，从结构主义到形式主义再到文化批评，每一种方法都提供了一种独特的视角。在受众研究中，可以综合运用多种方法，深入挖掘作品的多重层面，理解受众在不同维度上的解读和感知。

2. 受众反应的多样性

文学批评方法的应用可以揭示受众反应的多样性。不同的受众可能更注重作品的不同方面，对于结构、形式、文化元素的关注程度有所不同。通过综合研究不同批评方法的应用，可以更全面地理解受众对于文学作品的多样化反应。

文学批评方法对受众研究提供了丰富的思路和工具。通过综合运用不同的批评方法，可以更全面地理解受众的多样化反应，深入挖掘文学作品背后的文化、历史、形式等多方面的因素。在受众研究中，应当注重方法的整合和创新，以更好地适应不断变化的社会环境和受众需求。未来，随着数字时代的深入发展和全球化的推进，文学批评方法将继续面临新的挑战和机遇，需要不断更新理论框架，拓展研究视野，以更好地服务于文学作品的传播和理解。通过文学批评方法对受众研究的深入探讨，我们能够更全面地把握文学作品在社会中的作用，促进文学作品更广泛地传播和交流，推动文学领域的繁荣发展。

三、文学批评对文学作品传播的影响分析

文学批评作为一种深入解读和评价文学作品的方法，不仅对作品本身具有重要影响，同时也在文学作品的传播过程中扮演着关键角色。这里笔者将通过对文学批评对文学作品传播的影响进行深入分析，探讨批评对作品的塑造、传播途径的引导以及受众的反应等方面的影响。

（一）文学批评的作品塑造与定位

1. 批评对作品形象的塑造

文学批评通过深度解读作品的结构、主题、语言运用等，为作品赋予了更

深层次的内涵。批评家的评价和解读对于作品的形象和意义具有引导作用，有助于作品在读者心中建立积极、深刻的形象。

（1）主题深度解读

文学批评家对作品主题的深度解读能够使作品的主旨更加清晰。这种深刻的解读有助于强化作品在传播中所要传达的核心信息，使读者更容易理解作品所蕴含的思想和情感。

（2）文学风格评价

批评家对于作品文学风格的评价直接影响了作品在文学界的定位。例如，被赋予创新性和独特性的评价能够使作品在一众作品中脱颖而出，吸引更多关注。

2.批评对作品的社会定位

文学批评不仅影响作品在文学领域的地位，同时也影响了作品在社会中的定位。批评家的评价和观点直接影响了作品在社会文化层面的认知和接受程度。

（1）社会价值的评估

文学批评家常常关注作品对社会的反映和回应，对作品的社会价值进行评估。这种评估有助于作品在社会中扮演更为积极的角色，引导社会对作品的关注和讨论。

（2）社会影响力的揭示

通过深度的社会文化分析，文学批评有助于揭示作品的社会影响力。一部被批评认为具有深远社会影响力的作品，往往能够在传播中产生更广泛的影响，引发更多社会关注。

（二）文学批评对传播途径的引导

1.批评与文学评论媒体

文学批评常常通过文学评论媒体进行传播，这些媒体在作品传播中扮演了桥梁的角色。批评的质量和观点对于文学评论媒体的选择和推广产生直接影响。

2.批评对社交媒体的引导

随着社交媒体的兴起，文学批评也在一定程度上借助社交媒体进行传播。批评家和评论家通过社交媒体平台分享对作品的见解，引导更多读者参与讨论。

（1）批评在社交媒体上的传播

有影响力的文学批评会在社交媒体上迅速传播，通过点赞、分享、评论等方式，形成热门话题。这种传播方式使得作品能够更快速地引起公众关注，产生更广泛的影响。

（2）社交媒体对批评的反响

社交媒体上读者的评论和反响也会影响作品在社交媒体上的传播。一篇深度的文学批评可能在社交媒体上引发广泛的讨论，进而影响更多读者对作品的看法。

（三）批评对受众反应的引导

1.批评与读者期望的契合

文学批评家的解读和评价能够影响读者对于作品的期望。一篇正面的批评常常能够激发读者的兴趣，使他们更期待阅读作品。

（1）批评家的声望

批评家自身的声望和权威性对于读者的影响不可忽视。广受尊敬的批评家能够在一定程度上影响读者的阅读选择，因为读者倾向于信任具备专业知识和经验的评论者。

（2）批评与读者期待的一致性

批评家对作品的评价是否与读者的期望一致，直接关系到读者的接受程度。读者更愿意接受批评家的观点与读者的审美观点和文学偏好契合的作品。

2.批评与读者的情感共鸣

具有深度的文学批评往往能够触及作品的情感内核，引起读者的情感共鸣。这种情感共鸣是文学作品传播中非常重要的因素，能够使读者沉浸在作品的情感世界中。

批评家对作品中情感元素的深度解读，有助于读者更全面地理解作品所要传达的情感。读者在接触批评后，可能更加敏感地寻找作品中的情感线索，增强了对作品情感的体会。

文学批评在文学作品传播中发挥着重要的作用。通过深度解读和评价，批评不仅影响作品的形象和社会定位，同时通过传统媒体和社交媒体等渠道，引导作品在读者中的传播。批评家的观点和权威性影响着读者的期望和情感体验，推动着作品在文学界和社会中的传播。未来，文学批评将在传播中发挥更为重要的作用，为文学作品的广泛传播提供更多可能性。

第五章　数字时代的文学批评

第一节　数字时代的文学研究工具

一、数字化文学档案与数据库

数字化时代的到来为文学领域带来了前所未有的变革，其中数字化文学档案与数据库的建设是其中一项重要而又复杂的任务。本节将深入探讨数字化文学档案与数据库的意义、构建过程中的挑战，以及它们在文学研究、保护文化遗产等方面的作用。

（一）数字化文学档案与数据库的概念

1. 数字化文学档案

数字化文学档案是指将传统的文学作品、手稿、书信等载体通过数字化技术转化为数字格式，并建立相应的存储和检索系统。这样的数字化过程不仅使文学资源更易于保存和传播，也为后续的文学研究提供了更便利的条件。

2. 数字化文学数据库

数字化文学数据库是在数字化文学档案的基础上构建的，它不仅包含了文学作品的数字副本，还可能包括各种元数据、注释、关联资料等信息。数字化文学数据库通过建立结构化的数据模型，使得对文学资源的管理、检索和分析更加高效。

（二）数字化文学档案与数据库的重要性

1. 保存文学遗产

（1）文学作品的数字保存

数字化文学档案是保存文学作品的有效手段。传统的文学作品可能因时间、环境等因素而受损，数字化可以保护文学作品免受物理性的损害，确保它们在数字领域永久存在。

（2）文学文献的保存

手稿、书信等文学文献也可以进行数字化保存，这有助于保护和传承文学家的创作过程和思想。数字档案可以防止这些珍贵文献的丢失、毁损，使它们得以在数字化时代继续发挥作用。

2. 方便学术研究

（1）访问全球范围内的研究资源

数字化文学档案和数据库使得研究者能够在全球范围内访问文学资源。这打破了地域限制，让研究者能够更为广泛地获取研究素材，促进了学术界的国际合作。

（2）方便利用文学数据库

数字化文学数据库通过结构化的数据存储方式，使得研究者能够更方便地进行检索、对比和分析。这有助于挖掘文学作品中的隐藏信息，推动学术研究进一步深入。

3. 促进文学教育

（1）在线教学资源

数字化文学档案和数据库为文学教育提供了丰富的在线资源。教师和学生可以通过数字平台获取到更多的文学作品、历史文献等学习资料，这促进了文学教育的多样性和深度。

（2）交互性学习体验

数字化文学档案和数据库的交互性设计使得学生能够更积极地参与学习过

程。在线评论、讨论平台等工具为学生提供了表达观点、分享想法的空间，促进了学生与文学作品更深层次的互动。

（三）数字化文学档案与数据库的构建过程

1. 数字化技术的应用

（1）扫描与OCR（Optical Character Recognition，光学字符识别）技术

将纸质文学作品数字化的第一步通常是通过扫描技术将纸质文献转化为数字形式。OCR技术则能够将扫描得到的图片转化为可编辑的文本，使得文学作品能够在数字环境中进行编辑、检索等操作。

（2）数据库设计与管理

数字化文学数据库的构建需要进行合理的数据库设计。这包括确定数据模型、建立关系、选择数据库管理系统等。同时，为了保证数据库的稳定运行，还需要建立完善的数据库管理机制。

2. 元数据与标准化

在构建数字化文学数据库时，元数据的定义和标准化是至关重要的。元数据是描述文学资源的关键信息，包括但不限于作者、出版日期、关键词等。通过标准化元数据的格式和结构，可以确保数据库的一致性和互操作性，使得不同数据库之间的数据交流更为顺畅。

3. 版权问题与合规性

数字化文学档案与数据库涉及大量的文学作品，因此牵涉到复杂的版权问题。在构建数字化文学档案与数据库的过程中，必须遵循相关法律法规，确保对文学作品的数字化处理是合法的，同时也要尊重作者和版权持有者的权益。

4. 用户体验的优化

数字化文学档案与数据库不仅要满足专业研究者的需求，还需要考虑一般读者和学生的使用。因此，在构建过程中，需要注重用户体验，通过简洁的界面设计、友好的检索系统、交互性的学习工具等以确保不同用户能够方便地获取和使用信息。

数字化文学档案与数据库的建设是数字时代文学研究和传承的重要组成部分。通过数字化，文学作品得以保存、传播，并为学者和学生提供更为便利的研究和学习工具。然而，数字化文学档案与数据库的建设仍面临着诸多挑战，如版权问题、技术标准、数字鸿沟等。未来，需要进一步加强国际合作，利用新技术推动发展，引导公众参与，实现数字化文学资源的更好应用和可持续发展。在这个过程中，数字化文学档案与数据库将继续为文学研究、文学教育及文学遗产的保护与传承做出积极的贡献。

二、文学数据挖掘与分析工具

数字时代的来临带来了大量的文学数据，如电子书、博客、社交媒体上的文学评论等。如何有效地从这些海量数据中提取有用信息，以支持文学研究、读者分析等方面的工作，成为了一个备受关注的话题。接下来笔者将探讨文学数据挖掘与分析工具的崛起、应用领域以及其对文学研究的影响。

（一）文学数据挖掘与分析的背景

1. 数字时代的文学数据

随着数字化的普及，大量的文学作品以电子书、在线文章、博客等形式存在，同时读者在社交媒体上产生了大量的文学评论和讨论。这些数字化的文学数据成为了研究文学现象、读者喜好等方面的宝贵资源。

2. 数据挖掘与分析的需求

面对如此庞大而复杂的文学数据，人工处理显然难以满足研究和分析的需求。这就催生了文学数据挖掘与分析的需求，即通过计算机技术，特别是机器学习和自然语言处理技术，来自动地从文学数据中发现模式、提取信息。

（二）文学数据挖掘与分析工具的崛起

1. 自然语言处理工具

（1）词频分析工具

词频分析是文学研究中最基本的一种分析方法。通过自然语言处理工具，可以对大量文本进行词频统计，找出其中频繁出现的词汇，从而了解作品的主题、重点等。

（2）情感分析工具

情感分析工具可以识别文本中的情感倾向，包括积极、消极或中性。在文学研究中，这对于了解读者对作品的情感反应、评价等方面有重要意义。

2. 机器学习工具

（1）主题模型工具

主题模型是一种机器学习方法，用于从大量文本中挖掘出隐藏的主题。通过主题模型工具，研究者可以发现文学作品中潜在的主题结构，为深入研究提供线索。

（2）文本分类工具

文本分类工具通过机器学习算法，能够将文本按照预定义的类别进行分类。在文学研究中，可以利用这类工具对文学作品进行体裁、风格等方面的分类分析。

3. 可视化工具

（1）词云生成工具

词云是通过可视化手段展示文本中词汇出现频率的工具。通过词云生成工具，研究者和读者可以直观地了解一个文学作品或一组文学作品中关键词的分布情况。

（2）关系图谱工具

关系图谱工具可以帮助构建文学作品中人物关系、主题关联等方面的图谱。通过图谱的可视化，研究者可以更清晰地理解作品内部的复杂关系。

（三）文学数据挖掘与分析的应用领域

1. 作品分析

（1）风格分析

通过文学数据挖掘工具，可以对作者的写作风格进行深入分析。这包括词汇选择、句子结构等方面的特征，有助于辨认作者在不同作品中的独特风格。

（2）主题分析

主题分析工具可帮助研究者从大量的文学作品中提炼出主题。这对于理解一个时期、一个流派或一个作者的主题偏好有重要作用。

2.读者分析

（1）评论情感分析

通过对读者评论的情感分析，可以了解读者对于文学作品的喜好、厌恶等情感倾向。这对于出版商、作家等有着重要的市场参考价值。

（2）阅读趋势预测

通过对大量阅读数据的挖掘，可以发现读者的阅读趋势，预测未来可能受欢迎的主题、风格等，为作家和出版商提供商业决策支持。

3.文学史研究

（1）流派演变分析

通过对大量文学作品的数据分析，可以追踪不同文学流派的演变过程。这有助于理解文学史上不同时期文学思潮的兴起与发展。

（2）作家影响力分析

通过对作品的引用、评论等数据的挖掘，可以分析不同作家在文学领域中的影响力。这有助于了解文学史上各个时期的重要文学人物及其对文学的贡献。

4.文学教育与学术研究

（1）教材选择与设计

文学数据挖掘工具可以帮助教育机构和教师更科学地选择教材。通过分析学生的阅读习惯、偏好，可以更好地设计适合不同层次和兴趣的教材。

（2）学术趋势分析

学术研究者可以利用文学数据挖掘工具进行学术趋势的分析。了解当前研究热点、关键问题等，有助于指导学术研究的方向。

文学数据挖掘与分析工具的崛起为文学研究、出版业、教育等领域带来了新的机遇和挑战。通过充分利用这些工具，研究者可以更全面地理解文学现象、读者喜好，推动文学研究的深入发展。然而，我们也需要关注工具的使用过程中可能涉及的隐私和伦理问题，并不断努力提升工具的智能性和适应性，以更好地满足未来文学研究的需求。

三、跨文化研究中的数字化方法

随着全球化的推进，跨文化研究变得日益重要。数字化方法的兴起为跨文化研究提供了新的工具和途径。这里笔者将探讨数字化方法在跨文化研究中的应用，包括其在文学、语言、社会科学等领域的贡献，同时也会讨论数字化方法在跨文化研究中可能面临的挑战。

（一）数字化方法在跨文化文学研究中的应用

1. 文学数字化档案与全球文学

（1）全球文学作品的数字化收集

数字化档案使得全球范围内的文学作品得以保存和传播。通过数字化，读者可以更便捷地访问不同国家、不同文化的文学作品，这促进了全球文学的交流与文化的相互理解。

（2）作品主题与流派的数字分析

数字化方法可以帮助研究者对全球文学作品进行主题和流派的分析。通过自然语言处理和文本挖掘技术，研究者能够发现不同文学作品中的共性和差异，为跨文化比较提供依据。

2. 数字化方法在语言学研究中的应用

（1）语言随时间变化的数字化分析

数字化方法可以帮助语言学家跟踪语言随时间的演变。通过分析大规模语料库中的语言数据，研究者可以发现词汇的演变、语法结构的变化等，为了解不同文化中语言的演进提供线索。

（2）多语言翻译与比较

数字化工具在多语言翻译研究中具有重要作用。通过对平行语料库的数字分析，研究者可以研究不同语言之间的翻译问题，揭示跨文化交流中语言的特点和难点。

（二）数字化方法在跨文化社会科学研究中的应用

1. 社会媒体数据在文化研究中的应用

（1）社会媒体文化观念的数字化呈现

社会媒体平台是人们表达文化观念、价值观念的重要场所。数字化方法可以帮助研究者从社交媒体数据中挖掘文化观念的传播路径、受众反馈等信息，为文化研究提供实时而多维的数据支持。

（2）社交网络分析与文化网络

通过社交网络分析，研究者可以构建文化网络，了解文化现象在社会中的传播和影响。这有助于揭示不同文化之间的联系和相互影响，促进跨文化研究的深入发展。

2. 数字化调查方法在跨文化研究中的应用

（1）在线问卷调查的全球范围

传统的调查方法可能受限于地理和语言的限制，而数字化调查方法可以通过在线问卷等形式，实现全球范围内的数据收集。这有助于跨文化研究者获取更广泛的样本，推动研究的国际化。

（2）社交媒体分析与舆情调查

数字化调查方法可以通过分析社交媒体上的用户发言和讨论，了解公众对于特定事件、话题的看法。这为跨文化社会科学研究提供了更为实时和生动的数据，有助于捕捉文化在社会中的动态变化。

（三）数字化方法在跨文化研究中可能面临的挑战

1. 语言和文化的多样性

数字化方法在不同语言和文化背景下的适用性可能存在挑战。一些文化特有的语境、表达方式可能难以被计算机程序准确理解，因此需要对工具进行本土化和优化。

2. 数据隐私与伦理问题

随着数字化数据的增加，数据隐私和伦理问题变得更为突出。特别是在社交媒体数据的分析中，对于涉及用户个人信息的数据，需要谨慎处理以避免侵犯隐私。

3. 数字鸿沟与数据质量

不同地区、国家的数字化水平存在差异，可能导致数据的不均衡性。数字鸿沟的存在可能影响到跨文化研究的全面性和可靠性，需要采取措施解决数据质量的问题。

4. 文化背景的复杂性

文化是复杂而多层次的，数字化方法可能难以全面把握文化的深层次内涵。

5. 技术挑战与新兴方法

随着技术的不断发展，数字化方法的应用也在不断演进，但同时也带来了新的技术挑战。例如，人工智能的应用需要大量的训练数据和算力，而在一些地区可能缺乏这样的资源，从而导致技术应用的不平衡。

6. 文化敏感性与翻译困难

数字化方法在处理文化敏感性和语言差异时可能面临困难。某些文化概念在不同语境中可能有不同的含义，而数字化方法需要处理这样的复杂性。

数字化方法在跨文化研究中具有巨大潜力，为我们提供了更全面、深入了解不同文化之间的联系和差异的手段。然而，要充分发挥数字化方法的优势，我们需要认真面对相关的挑战，包括语言多样性、数据隐私、技术难题等。通过跨学科合作、本土化和文化适应、加强数据隐私保护等手段，我们可以不断优化数字化方法，促进跨文化研究的发展，使之更好地为全球文化交流与理解做出贡献。

第二节 数字媒体对文学传播的影响

一、社交媒体与文学的互动关系

社交媒体与文学之间存在着深刻的互动关系。社交媒体作为信息传播和互动的平台，不仅改变了人们获取文学信息的方式，也对文学的创作、传播和接受产生了深远的影响。

首先，社交媒体改变了文学的传播方式。过去，文学作品主要通过印刷媒体、书籍出版等传统途径传播，而现在，社交媒体为作家提供了一个直接、迅速、全球化的传播渠道。作家可以通过社交媒体平台发布自己的作品，与读者进行互动，建立自己的粉丝群体。这种直接的传播方式使得文学作品能够更迅速地被推广，也使得作家和读者之间的联系更加紧密。

其次，社交媒体为文学创作提供了更广泛的创作灵感和素材。社交媒体上的各种话题、热点、观点都成为作家创作的灵感来源。通过关注社交媒体上的讨论和争论，作家能够更好地把握社会脉搏，将社会现象、人物性格等融入自己的文学创作中。此外，社交媒体上的用户生成内容也为文学创作者提供了丰富的素材，例如一些真实而富有创意的故事，这些都成为文学作品的重要组成部分。

最后，社交媒体改变了读者对文学作品的接受方式。过去，读者主要通过纸质书籍来获取文学信息，而现在，他们可以通过社交媒体上的文字、图片、音频、视频等多种形式来接触文学作品。这种多样化的呈现方式使得文学更加贴近读者的生活，更容易引起读者的兴趣。同时，社交媒体上的评论、分享、点赞等互动功能也让读者能够更直接地参与到文学作品的传播和讨论中，形成一个更加开放、互动的文学社区。

此外，社交媒体还推动了文学的多元化和个性化发展。传统上，文学作品受到出版社、编辑、市场等多方面的影响，容易受到一定的局限。而在社交媒体上，作家可以更自由地表达自己的观点，无论是风格、题材还是观点，都更加多元化。这也为一些非主流的文学作品找到了更广泛的读者群体，推动了文学的多元发展。

然而，社交媒体对文学的影响也带来了一些问题。首先，信息过载使得人们更加倾向于阅读短时、碎片化的信息，而对于长篇小说等传统文学形式的接受程度下降。其次，社交媒体上的言论自由和匿名性也导致了一些低质量、恶意的评论，对作家的创作积极性产生负面影响。最后，社交媒体上的短期关注和追求热点也可能影响到文学作品的深度。

综合而言，社交媒体与文学之间存在着紧密的互动关系。社交媒体改变了文学的传播方式，为文学创作提供了更广泛的灵感和素材，改变了读者对文学作品的接受方式，推动了文学的多元化和个性化发展。然而，社交媒体对文学的影响也带来了一些问题，需要文学界和社交媒体平台共同努力解决。在未来，随着社交媒体和文学的不断发展，它们之间的互动关系将会更加复杂，也将为文学的创新和发展提供新的可能性。

二、数字媒体对文学作品的推广

数字媒体的迅速发展改变了人们获取信息和文学作品的方式，对文学作品的推广产生了深远的影响。数字媒体包括互联网、社交媒体、数字出版平台等，它们提供了全新的传播渠道和互动机制，使得文学作品能够更广泛地传播，与读者建立更紧密的联系。接下来笔者将探讨数字媒体对文学作品推广的影响，包括传播途径的拓展、互动性的增强、作品多样性的提升，以及面临的挑战。

首先，数字媒体扩展了文学作品的传播途径。传统上，文学作品主要通过印刷媒体、书籍出版传播，受到了物理空间和地域的限制。而在数字媒体时代，作家可以通过互联网上的博客、社交媒体平台、数字出版平台等发布作品，实现全球范围内的即时传播。这种传播途径的拓展使得文学作品能够更迅速、更广泛地被读者获取，也使得一些边缘化的声音有了更多的机会被听到。

其次，数字媒体增强了文学作品与读者之间的互动性。互联网和社交媒体平台提供了丰富的互动机制，读者可以通过评论、分享、点赞等方式直接参与到文学作品的传播和讨论中。这种实时互动使得作家能够更及时地获取读者的反馈，调整创作方向，建立更紧密的读者关系。同时，读者之间也能够通过数字媒体平台互相交流，形成一个更加开放、多元的文学社区。

最后，数字媒体推动了文学作品的多样性发展。在互联网上，各种题材、风格、形式的文学作品都能够找到相应的受众群体。数字出版平台为一些非主流的文学作品提供了发表的机会，使得文学的表达更加多元化。此外，数字媒体也为新兴的文学形式如网络小说、微小说等提供了更广阔的发展空间，推动了文学的创新和发展。

然而，数字媒体对文学作品推广也面临一些挑战。首先，信息过载使得人们更容易受到碎片化信息的影响，对于长篇小说等传统文学形式的接受度下降。其次，数字媒体上的内容泛滥和质量良莠不齐，使得读者在海量信息中难以找到优质的文学作品。此外，数字媒体的商业化也带来了一些问题，一些平台更注重点击率和流量，而非作品的质量和深度，这可能对文学作品的创作和传播产生一定的负面影响。

综合而言，数字媒体对文学作品的推广带来了巨大的机遇和挑战。传播途径的拓展、互动性的增强、作品多样性的提升都为文学的发展注入了新的活力。因此，面对信息过载、内容泛滥、商业化倾向等问题，作家、平台和读者需要共同努力，探索更有效的方式来保障文学作品的质量和深度。在数字媒体时代，文学作品的推广不仅仅是作家个体的努力，更需要整个文学生态系统的协同发展，以促进文学的繁荣和创新。

三、跨文化研究中的数字媒体分析

跨文化研究中的数字媒体分析涉及了在不同文化背景下数字媒体的使用、影响以及文化间的相互作用。数字媒体在全球范围内的快速普及和发展，使得不同文化之间的信息交流更为便捷，同时也带来了一系列挑战和影响。这里笔者将探讨跨文化研究中数字媒体的角色，包括文化的塑造、信息传播、社会互动，以及其可能的未来趋势。

首先，数字媒体在跨文化研究中扮演着重要的角色，通过塑造文化认知来形成文化身份。在不同国家和地区，数字媒体成为人们获取文化信息、了解他人生活方式和观点的主要途径。社交媒体平台、视频分享网站等数字媒体工具使得跨文化交流更加直接和频繁。然而，这也带来了文化输出与输入的问题，即主导文化通过数字媒体向其他文化传递其价值观、观点和生活方式，可能导致文化同质化或文化冲突。

其次，数字媒体在跨文化信息传播中发挥了关键作用。新闻、社交媒体以及在线视频等平台成为国际间信息流通的重要通道，使得人们能够更全面地了解其他文化的实时动态。然而，数字媒体在信息传播中也存在一些问题，例如信息的失真、刻板印象的形成等，这可能导致对其他文化的误解和偏见。

最后，数字媒体在跨文化社会互动中发挥了促进和加深了解的作用。社交媒体平台使得人们能够直接与世界各地的他人交流，分享彼此的文化体验。这种直接互动有助于打破传统文化之间的隔阂，促进对文化多元性的认可。然而，社交媒体的信息过载和碎片化也可能导致表面性的了解，而非深度的跨文化交流。

与此同时，数字媒体也在跨文化冲突中扮演了一定角色。因为信息的传播是双向的，数字媒体不仅传递文化，也可能加剧文化差异带来的紧张和冲突。在某些情况下，数字媒体被用作传播负面刻板印象和歧视性观点的工具，加深了文化之间的分歧。这要求我们更加关注数字媒体的责任，鼓励呈现正面、平等、尊重的文化。

未来，数字媒体在跨文化研究中可能面临的趋势包括技术的进一步创新，例如增强现实（Augmented Reality，简称 AR）和虚拟现实（Virtual Reality，简称 VR）技术的应用，为用户提供更加沉浸式的跨文化体验。此外，数字媒体可能会更加注重文化的多元性，努力避免文化同质化的趋势，促进更多元的文化表达和认可。同时，数字媒体在保障信息准确性、尊重多元文化的同时，也需要更多关注用户隐私和安全等方面的问题。

总的来说，跨文化研究中的数字媒体分析涉及多个层面，包括文化认知、信息传播、社会互动和文化冲突等。数字媒体既是促进文化交流与理解的媒介，也是可能引发文化冲突的因素。在数字媒体的发展过程中，需要积极引导其在跨文化研究中发挥积极作用，推动文化之间的相互尊重、理解和共融。

第六章　文学审美的跨文化比较

第一节　文学审美的概念与特征

文学审美是一个复杂而广泛的领域，涵盖了对文学作品的感知、欣赏和评价。它涉及文学作品所表达的美感、情感、思想等方面，同时也受到个体差异、文化背景、历史时空等因素的影响。以下是关于文学审美概念和特征的一些详细探讨，旨在深入了解文学审美的本质和多样性。

一、文学审美的概念

文学审美可以理解为对文学作品美感的认知和体验，是读者在阅读文学作品时产生的审美情感和心境。这一概念涉及感知、认知、情感和思考等多个层面，反映了文学作品对人类情感和智慧的深刻触动。

1. 美感的认知：文学审美首先涉及对美的感知和认知。读者通过文学作品，感知到其中蕴含的美感，这可以包括语言的美、情节的美、人物形象的美等。

2. 情感的体验：文学作品往往通过情节、人物塑造、语言运用等手法引发读者的情感共鸣。文学审美包含了对作品所传递情感的体验，这些情感可能是喜悦、悲伤、愤怒、思考等。

3. 思考和认知的过程：文学审美涉及读者对作品进行思考和认知的过程。好的文学作品往往能够引导读者思考人生、社会、价值观等问题，激发人们深层次的思索。

4. 美学原则的应用：文学审美也与美学原则紧密相关。诸如对称、和谐、韵律等美学原则在文学中有着具体的应用，影响作品的整体美感。

5. 文学创作的艺术性：文学审美关注文学作品的艺术性。作家通过语言的运用、结构的设计、形象的描绘等手法展现出独特的艺术风格，而读者通过欣赏这种艺术性体验审美。

二、文学审美的特征

1. 主观性和相对性：文学审美是主观的，因为每个读者的审美体验都是独特的。同时，由于文化、个体经历等因素的差异，对同一作品的评价可能会有较大的差异。

2. 情感共鸣：好的文学作品常常能够引起读者的情感共鸣。这意味着作品中的情感表达触动了读者内心的某些情感，建立起作者与读者之间的情感联系。

3. 复杂性和多层次性：文学审美是复杂而多层次的。好的文学作品通常具有深度和广度，既有表面的故事情节，又有深刻的思想表达和象征意义。

4. 生动的语言表达：语言是文学作品的表达工具，对文学审美具有至关重要的影响。精致、生动、富有表现力的语言可以提升作品的美感。

5. 批判性思维和思辨性：文学审美不仅仅是感性的，还包含了批判性思维和思辨性。读者通过审美过程中的思考，形成对作品的独立见解和评价。

6. 历史、文化和社会背景的影响：文学审美受到历史、文化和社会背景的影响。不同的时代和文化对于审美标准的塑造有着重要作用。

7. 艺术性和创新性：文学审美强调艺术性和创新性。作品通过艺术手法的运用和对传统的突破，呈现出独特的审美价值。

8. 交流和分享：文学审美是一种交流和分享的过程。读者通过分享对作品的感受，形成共鸣，文学作品因此在社会中得以传承和流传。

在这些特征中，文学审美体现了人类对美的追求、对情感的表达、对思想的探索等多个方面的需求。不同的文学作品和流派在这些特征上表现出丰富的多样性，构成了文学世界的独特魅力。

第二节 不同文化审美标准的对比

美是一个主观而复杂的概念，它在不同的文化背景下有着不同的定义和理解。美的定义受到文化、历史、宗教、社会价值观和个人经验等因素的影响。在不同的文化中，美通常具有独特的特点和重要性。以下将探讨一些不同文化背景下对美的定义和理解。

（一）西方文化中的美

西方文化中的美受到古希腊哲学家的深刻影响，特别是柏拉图和亚里士多德。柏拉图认为美是一种抽象的理念，存在于一个"理念世界"中，世界上的所有美的事物都是这个理念的副本。亚里士多德则认为美是一种对称和秩序的表现，强调人类的感知和理性。

在基督教文化中，美通常与神圣和道德价值联系在一起。在中世纪欧洲，教会艺术和建筑物强调了上帝的荣耀和道德教诲，这些艺术作品被视为美的表现。文艺复兴时期的欧洲重新审视了古希腊和罗马文化，强调人类的自然美和个体表达。这导致了雕塑、绘画和建筑中的大量经典艺术创作，如达·芬奇的《蒙娜丽莎》和米开朗基罗的《大卫》。

在现代西方文化中，美经常与个体自由和个人表达联系在一起。视觉艺术、音乐、文学和电影等领域允许个人表达自己的观点和情感，这种自由表达被认为是一种美的表现。

总之，在西方文化中，美通常被视为抽象理念、对称和秩序、神圣和道德、自由表达及身体美的表现。

（二）东方文化中的美

东方文化中的美有着不同的定义和重要性，受到佛教、道教、儒家等哲学和宗教的影响。

在中国文化中，美的定义通常与自然、谦逊、均衡和和谐有关。儒家思想强调了家庭和社会的和谐，美在中国文化中通常与道德和人际关系有关。中国传统绘画、诗歌和书法等艺术形式强调情感表达、内在的和谐和审美的平衡。自然也在中国文化中被视为美的象征，中国园林和山水画都体现了这一思想。

在日本文化中，美的概念与自然、季节和瞬间的美有关。日本的传统艺术如花道和日本园林等都强调了简约、自然的美和瞬间的体验。和谐、均衡和内在的美在日本文化中也占有重要地位，这体现在传统建筑、陶瓷和服饰等方面。

印度文化中的美通常与灵性和宗教有关。印度教和佛教强调了内在的灵性和心灵的纯净，美通常与灵魂的升华和心灵的平静有关。印度的传统音乐、舞蹈和绘画都包含了宗教和灵性元素，强调了超自然的美。

总之，在东方文化中，美通常与和谐、自然、内在的美、季节和瞬间的美及灵性有关。

（三）非洲文化中的美

非洲是一个文化多元的大陆，不同地区和部落都有自己对于美的独特的定义。但在非洲的音乐、舞蹈、面具、珠宝和身体艺术等领域又存在一些共同的特点。

在非洲文化中，音乐和舞蹈通常被视为美的表现。音乐和舞蹈在宗教仪式、社交活动和庆典中起着重要的作用，它们强调了社区的团结和个体的表达。面具也是非洲艺术的重要组成部分，它们通常用于宗教和仪式，并具有象征意义。珠宝和身体艺术在非洲文化中也具有重要地位，它们常常用于表达社会地位、传统价值观和美的理念。

对美的定义在不同的文化背景中有着独特的体现。从西方的理性和个体自由，到东方的自然和灵性，再到非洲的社区，每种文化都以其独特的方式表达着对美的追求。美是一个多维的概念，它在文学、艺术、宗教、社交活动等方面都有着广泛而深刻的影响。在全球化的时代，这些不同文化的美的定义不断交流、融合，形成了丰富多彩的文化交汇之地。

第三节 文学作品的审美多元性

一、多元文化对文学审美的丰富贡献

文学是一种集体记忆和文化表达的方式，而多元文化的存在使文学得以在不同传统和视角之间交流和融合。本节将探讨多元文化对文学审美的丰富贡献，从文学的创作、主题、风格等方面展开分析，以深入了解多元文化对文学领域的积极影响。

（一）多元文化与文学创作

1. 丰富的题材来源

多元文化为作家提供了丰富的题材来源。通过融合不同文化的元素，作家可以创造出更加丰富多彩、有深度和启发性的故事。例如，钦努阿·阿契贝（Chinua Achebe）的《瓦解》描述了一名非洲部落英雄的故事以及英国殖民主义文化入侵前的伊博族人的真实状况，创造了一个独特的叙事空间。

2. 跨文化的创作灵感

多元文化的存在激发了作家们跨越文化边界的创作灵感。他们不再局限于传统的文学框架，而是勇于跨越文化边界，吸收和汲取来自世界各地的文化元素。这些多元文化的交融与碰撞，激发了作家们独特的创作灵感，使他们能够创造出新颖而富有深度的作品。通过跨文化的创作，作家们不仅丰富了文学的表现手法和艺术风格，还促进了不同文化之间的理解和交流。他们的作品成为了连接不同文化之间的桥梁，让读者在欣赏文学的同时，也能够领略到多元文化的独特魅力。

（二）多元文化与文学主题

1. 身份认同与文化交融

多元文化使作家能够深入探讨身份认同的议题。文学作品可以反映出不同文化背景的人们在全球化浪潮中对自己身份的思考与认知。例如，谭恩美（Amy Tan）的《喜福会》中通过女性角度，展现了美国华裔在保持传统与融入主流社会之间的心路历程。

2. 文化冲突与和谐

多元文化为文学提供了描绘文化冲突与和谐的机会。文学作品可以深刻地呈现出不同文化之间的摩擦和融合，反映出全球社会中的多元文化现象。例如，卡勒德·胡赛尼（Khaled Hosseini）的《追风筝的人》通过描绘阿富汗社会的历史与变迁，反映了东西文化之间的交汇与碰撞。

（三）多元文化与文学风格

1. 语言的多样性

多元文化丰富了文学作品的语言表达。作家可以在作品中灵活运用多种语言元素，创造出更加生动、丰富的语言环境。例如，朱莉娅·德·布尔戈斯（Julia de Burgos）的诗歌中融入了拉丁美洲的文化元素，使得她的作品充满了音乐感和韵律感。

2. 文体的多元化

多元文化也为不同文学流派的交流提供了可能性。作家可以将不同文化的传统元素融入小说、诗歌、戏剧等不同的文学形式中，创造出独具特色的文学风格。例如，萨尔曼·鲁西迪（Salman Rushdie）的《午夜之子》中融合了奇幻元素和印度文学传统，形成了一种新颖的文学形式。

多元文化为文学注入了新的活力和深度，丰富了文学的创作、主题、风格和社会意义。文学作为一种跨越国界、超越语言的表达形式，通过多元文化的视角，成为连接不同文化、促进文化对话的桥梁。在全球化的时代，多元文化不仅丰富了文学创作的内涵，也拓展了人们对于文学的理解与欣赏。通过对多元文化与文学关系的深入探讨，我们更能领悟文学的力量，以及它在促进文化多元性、社会变革中的角色等方面所发挥的积极作用。

二、跨文化研究中文学作品的审美多元性分析

跨文化研究是文学研究中一个备受关注的领域，它凸显了文学作品在超越国界的同时，也在不同文化背景下呈现出多元的审美特征。这里笔者旨在探讨文学作品在跨文化研究中的审美多元性，着重于分析这些作品如何在不同文化背景下展现出独特的审美价值。

（一）文学作品的跨文化表达

1. 文学作品的跨文化传播

分析中文学作品如何在不同文化之间传播，以及这种传播对作品自身审美特征的影响。

2. 文学作品的翻译与变迁

探讨翻译如何影响中文学作品的跨文化传达，以及在翻译过程中作品的审美元素是否发生变化。

（二）文学作品的审美多元性

1. 文学风格的差异

比较不同文化背景下的文学风格，例如中文传统文学与西方文学的差异，分析这些差异在审美上的表现。

2. 主题与价值观的多样性

研究文学作品中涉及的不同主题和价值观，以及这些主题如何在跨文化背景下被理解和解读。

3. 形式与结构的创新

分析文学作品在形式和结构上的创新，探讨这种创新如何为文学审美注入新的元素。

（三）跨文化传播的挑战与机遇

1. 语言障碍

讨论语言障碍如何影响文学作品的跨文化传播，以及翻译工作在解决这一

问题上的作用。

2. 文化差异

分析文化差异对作品理解和接受的影响,以及如何通过跨文化研究弥合这些差异。

3. 全球化的影响

探讨全球化对文学作品在国际文学舞台上的影响,以及全球化如何促使文学审美多元化。

通过以上分析,我们可以看到文学作品在跨文化研究中展现出丰富的审美多元性。这种多元性既是挑战,也是机遇,它为文学研究者提供了更广阔的研究空间,也为文学作品的传播和理解带来了新的可能性。在全球化的时代,我们需要更加重视不同文化之间的对话,推动文学审美的跨文化交流。

第四节 全球化对文学审美的影响

一、全球化时代文学审美的趋势

全球化时代,文学审美正在经历深刻的变革。随着信息技术的发展和文化交流的加强,不同文学传统之间的融合越发频繁。本节旨在探讨全球化时代文学审美的趋势,着眼于分析这些趋势如何影响文学创作和文学理论,以及如何影响观众的互动。

(一)文学跨文化融合

1. 全球化的媒介与技术

分析数字媒体、社交媒体等新技术如何促进文学作品在全球范围内的传播,以及这种传播对文学审美的影响。

2. 流行文化的崛起

探讨流行文化元素如何融入文学作品,以及这种融合对审美标准和读者口味的塑造。

（二）文学主题的全球化

1. 共同关切的主题

分析全球性问题如气候变化、人权等如何成为文学作品中普遍关注的主题，以及这些主题在不同文学传统中的呈现方式。

2. 跨文化身份与多元性

研究文学中对跨文化身份的探讨，以及多元文化的呈现如何丰富文学审美。

（三）文学创作的全球合作

1. 国际合作与创作团队

探讨作家、诗人、艺术家之间的跨国合作如何推动文学作品的创新，以及合作对作品审美风格的影响。

2. 翻译与文学的全球传播

分析文学作品的翻译对全球文学交流的重要性，以及翻译在保留原作审美特色的同时如何适应新的文化语境。

二、文学作品如何应对全球审美标准

在全球化的背景下，文学作品面临着来自不同文化和审美传统的审视。本节旨在探讨文学作品如何应对全球审美标准，以及在这一进程中如何保持独特性和创新性。

（一）文学作品的全球传播与接受

1. 数字化时代的影响

分析数字媒体和互联网对文学作品传播的影响，以及这种传播方式如何加速全球审美标准的交流。

2. 翻译的角色

讨论翻译在文学作品跨越文化传播中的作用，以及如何平衡原作的审美特色与目标文化的期望。

（二）文学作品的审美多元性

1. 文学风格的融合

研究文学作品中不同文学风格的融合，以适应全球读者的口味，同时保持作者独特的创作风格。

2. 主题的普遍性

探讨文学作品中探讨的主题是否具有普遍性，以及这些主题在全球范围内如何引发共鸣。

（三）跨文化创作与合作

1. 国际合作

分析国际合作如何促进文学作品的创新，通过不同文学传统的交流，创作者如何融入全球审美标准。

2. 文学奖项与认可

讨论文学奖项对全球审美标准的塑造作用，以及这些奖项如何推动文学作品在全球范围内的认可。

参考文献

[1] 李凤亮. 20世纪中国文学批评的海外视野[M]. 北京：生活·读书·新知三联书店有限公司, 2022.

[2] 吴琳. 文学批评理论与文学经典重构[M]. 北京：中国书籍出版社, 2022.

[3] 古远清. 中外粤籍文学批评史[M]. 广州：广东人民出版社, 2018.

[4] 张龙海. 美国华裔文学研究论集[M]. 厦门：厦门大学出版社, 2019.

[5] 徐颖果. 美国文学与文化研究论集[M]. 天津：南开大学出版社, 2019.

[6] 苏亚娟. 美国亚裔文学研究论集[M]. 厦门：厦门大学出版社, 2019.

[7] 李利芳. 新时期儿童文学理论批评家个案研究[M]. 杭州：浙江少年儿童出版社, 2018.

[8] 陈丕. 翻译与文化：苏珊·巴斯奈特文学翻译理论研究[M]. 昆明：云南大学出版社, 2021.

[9] 沙红兵. 文学思想研究（第一辑）[M]. 北京：生活·读书·新知三联书店有限公司, 2020.

[10] 朱振武. 非洲英语文学研究[M]. 上海：华东理工大学出版社, 2019.

[11] 何云波. 比较文学：跨文化的文学想象[M]. 湘潭：湘潭大学出版社, 2011.

[12] 乔以钢, 关信平. 跨文化交流与性别[M]. 天津：南开大学出版社, 2014.

[13] 张泉. 殖民拓疆与文学离散："满洲国""满系"作家/文学的跨域流动[M]. 哈尔滨：北方文艺出版社, 2017.

[14] 黄勤. 文学翻译研究：介评、阐释与赏析[M]. 武汉：武汉大学出版社, 2019.

[15] 金进. 冷战与华语语系文学研究[M]. 上海：复旦大学出版社, 2019.

[16] 叶舒宪. 原型与跨文化阐释[M]. 西安：陕西师范大学出版社, 2018.

[17] 叶舒宪. 文学与人类学 [M]. 西安：陕西师范大学出版总社, 2018.

[18] 齐心. 多维视角下英美女性文学研究 [M]. 长春：吉林大学出版社, 2020.